만년의 집

만년의 집

인생의 겨울을 준비하는 강상중의 조용한 각오

강상중 지음

노수경 옮김

사계절

마마보이였다 하더라도 한 사람과 사랑하고 결혼해 가정을 꾸리면 어머니의 '속박'에서 해방된다. 그런데 마마보이의 반려가 된 여자는 그 과정에서 온갖 갈등을 겪게 마련이다. 아내는 여성이자 한 사람으로서 사랑받고 싶은데 자신에게 항상 시어머니의 이미지가 투영되어 있으니 힘들었을 것이다.

한편 어머니 입장에서는 아들을 공들여 키워놓았더니 어느 날 갑자기 본 적도 들은 적도 없는 여자를 데려와 평생의 반려로 삼고 싶다고 한다. 아들에게서 '분리'되기 힘든 어머니는 이성적으로는 그게 아님을 알면서도 버림받는 듯한 쓸쓸한 기분이 들 것이다. 이런 경우 이 마마보이는 거의 대부분의 상황에서 어머니와 아내 사이를 오가며 우왕좌왕하지 않을까?

정도의 차이는 있을지 모르지만 고금을 막론하고 어디에나 있을 법한 이런 관계의 문제는 아마 어머니와 나, 아내에게도 있었을 것이다. 하지만 세월이 흐르면서 두 사람은 서로에게 가장 사랑하는 '딸'이자 경애하는 '어머니'가 되었다.

회갑을 지나 고희를 바라보는 나이가 되고 보니 어머니가 내 몸과 마음의 바탕을 만들어주셨음을 깊이 실감한다. 이는 때때로 어머니가 나에게 빙의한 게 아닌가 싶을 정도로 생생한 감각이다. 사람은 '걸어 다니는 식도食道'라고 하시던 어머니는 어떤 면에서 훌륭한 유물론자였다.

"사람은 묵어야 한데이. 안 묵으면 죽는다카이. 잘난 사람도, 못난 사람도, 부자도, 가난한 사람도 다 입으로 넣어서 뒤로 빼는 거라 안 카나. 안 그라면 못 산다카이. 그러니까 삼시 세끼 잘 챙겨 묵으라."

이런 어머니의 철학 덕분이었을까. 나는 지금까지 큰 병이라 할 만한 병은 앓은 적이 없다. 지금도 가끔 무리해서 일을 하더라도 몸에 복원력이 있어서인지, 아주 건강하다.

사람은 먹어야 하는 존재다.

항상 그렇게 호언장담하던 어머니에게는 대지의 '기氣'라고 부를 만한 생명력이 깃들어 있었다. 나는 어머니가 만들어주신 음식을 통해 그 생명력을 받았고, 그것을 거름으로 삼아 살아왔다.

'사람은 걸어 다니는 식도'라는 이 밑도 끝도 없는 어머니의 인간관에는 사람은 모두 평등하다는 확고한 신념이 숨쉬고 있었다. 어머니가 그처럼 인정人情에 집착했던 이유도 분명 어머니 마음속에 소용돌이치는 차별에 대한 강한 울분 때문이었으리라. 어머니는 항상 인간을 두 부류로 나누었다. 정이 있는 사람과 정이 없는 사람.

"지금 세상에는 인정 없는 사람이 많데이. 아무치도 안쿠로 딴 사람한테 나쁜 짓 하는 인간들이 많아졌다 안 카나. 니도 조심해야 된데이. 사람을 쉽게 믿으마 안 된데이. 그케도 세상에는 착한 사람도 있는 기라. 인정이 있는 사람도 있으니 완전히 망한 거는 아이라카이."

배울 기회가 없었기에 읽고 쓰기가 힘들었던 어머니는 압도적으로 '리理'가 부족했다. 어머니는 이런 당신의 핸디캡을 누구보다 잘 알 터였다. 하지만 한편으로 당신은 '리'만으로는 '인정'에 뿌리를 둔 '앎'이나 '산 지혜'를 절대 이길 수 없다고 믿었다. 어머니는 무슨 일이 있을 때마다 놀림조로 나를 이렇게 불렀다.

"센세이先生."

이는 학문으로 무장해 '리'는 있으나 때때로 박정하게 구는 나를 향한 당신 나름의 야유였다. 말하자면 '인정과 도리를 다하라'는 것. 어머니는 그 중요성을 끊임없이 일깨워주셨다.

나는 지금 매서운 겨울 추위가 다가오는 와중에도 '고원호일高原好日(고원에서의 좋은 날. 가토 슈이치의 동명 저서에서 따온 말이다. 신슈의 고원에서 여름을 보내면서 기분에 따라 사람에서 사람으로, 풍경에서 풍경으로 옮겨가며 추억을 떠올리는 내용이다-옮긴이)'의 환경에 있다. 한쪽 발은 생생한 하계의 삶에 담가두고 다른 한쪽은 고원의 녹음에 숨긴 채 세상을 뒤흔드는 사건들을 응시한다. 이것이야말로 내가 오랫동안 바라 마지않던 세상과의 딱 좋은 거리감일지도 모르겠다. 이 감각은 어쩌면 이상하게도 어머니가 인생의 '종활終活(인생을 잘 끝내기 위한 활동을 말한다. 취직 활동을 뜻하는 '취활'과 발음이 같은 데서 쓰게 된 말이다-옮긴이)'을 의식하기 시작했을 때 가졌던 마음가짐과 닮지 않았나 한다.

"나는 행복한가? 그럼, 행복하지. 행복해."

이렇게 당신 스스로를 타이르던 어머니에게는 더 이상 더할 것도 뺄 것도 없는 원숙함이라는 외로운 그림자가 드리웠다.

신경을 써야 할 일이 쉼 없이 차례로 닥쳐와 항상 바쁘게 살았던 어머니. 정신없이 인생의 페달을 밟아야 했던 어머니. 매사에 느긋하던 소녀는 점점 신경질적으로 변했다. 장년기에 들어서자 집착이 강하고 조울의 낙차가 큰 성격이 되어버렸다. 마음을 내려놓고 쉬는 시간 따위, 아마도 없었을 것이다. 하지만 당신의 삶에 종지부를 찍을 순간이 점점 다가오자 어머니는 본래의 온화한 성격으로 돌아갔다. 물론 순박한 아이처럼 변한 것은 아니었다. 몸과 마음에 인생의 물때가 너무 많이 끼어 있었기 때문이다. 하지만 배우자를 먼저 떠나보내고, 같은 시대를 경험한 사람들이 모두 다 곁을 떠나 하나도 남지 않았을 때, 어머니는 인생의 쓴맛과 단맛을 다 느껴본 어른만의 성스러운 모습이 되어 있었다. 아들의 눈에는 그런 어머니가 마치 인생의 생명줄을 끊고 무슨 일이 있어도 동요하지 않는 당신만의 세계로 돌아간 듯 비치기도 했다.

어머니가 돌아가시기 직전에 보여준 조용한 손짓은 마치 아들의 내민 손을 그만 거두라고 하는 듯했다.

"이제 괜찮데이. 많이 살았다. 그냥 놔두시게."

글자 그대로 인생을 충분히 다 살았던 어머니는 이렇게 말씀하시고는 누에고치 속의 누에처럼 영원한 잠에 빠졌다.

어머니가 돌아가신 후 나는 망연자실했다. 상실과 비애의 감정으로 마음속에 커다란 구멍이 뚫린 것 같았다. 그런 기분으로 하루하루를 보냈다. 움푹 파인 커다란 구멍은 다른 무엇으로도 메울 수 없었다. 하지만 회갑을 지나 어머니의 외로운 그림자가 멀리 물러나자 반대로 그 존재가 지금부터 내가 걸어갈 길의 나침반처럼 느껴졌다. 가끔 나는 어머니의 목소리를 흉내 내며 중얼거린다.

"이제 괜찮데이. 열심히 살았다."

여전히 미숙한 내가 임종의 순간에 그렇게 고요하고 당당하게 혼잣말을 할 수 있을까. 나는 지금 어머니가 몸소 보여주신 가르침 덕분에 스스로에게도, 세상에도 절묘한 거리를 둘 수 있는 장소에서 인생의 가을, 그 끝 무렵을 보낸다.

"사람은 말이데이, 알몸으로 태어나가 알몸으로 죽는 기라. 너거 아부지도 그랬고 나도 그렇데이."

글자를 읽을 수 없었던 어머니가 남긴 말과 표정은… 아니, 어머니에 관한 모든 기억은 1만 권의 책 이상으로—비유하자면 나쓰메 소세키나 막스 베버 이상으로—지금의 나를 지탱한다.

닥쳐올 겨울을 어떻게 대비할지는 어머니에게 배우면 되는 것이다.

차례

서문

산에 살자

고독은 산이 아니라 도시에 있다. 고독을 달래기 위해서라도 '산'에서 살자. 이렇게 마음먹었던 당시에는 아내의 호응을 얻지 못했다. 아내는 우리 가족만 단란하게 사는 단독주택으로는 처음인(일본에서는 아파트나 맨션 같은 공동주택보다 직업이나 생활의 안정을 뜻하는 단독주택을 동경하는 사람들이 많다-옮긴이), 고양이 이마만큼 작은 뜰이 딸린 '마이홈'에 강한 애착을 지녔기 때문이다.

우리는 10년 넘게 사이타마현과 지바현의 경계, 에도가와 강가에 위치한 수도권의 한 베드타운에서 기쁨과 슬픔을 함께했다. 불혹不惑을 지나 지명知命, 지명을 지나 회갑을 바라보는 세월 동안 마이홈은 우리 가족의 희로애락을 지켜보았다.

하지만 아들의 죽음이라는 갑작스러운 비극과 함께 우리는 곧장 실의의 구렁텅이로 내동댕이쳐졌다. 단란한 시간을 보내던 우리 집은 가시 돋힌 슬픔의 장소가 되었다. 그럼에도 추억이 가득한, 고락을 함께한 그 집을 아내는 떠나기 싫어했다.

나 또한 내심 그 집을 떠나고 싶지 않았다. 슬픈 추억이 서린 곳이지만 사랑하는 이의 숨결과 체취가 남아 있는 집을 떠나는 행위가 마치 그 기억 자체를 지우는 일처럼 여겨졌기 때문이다.

그런데 그때는 내가 언론 매체에 빈번하게 노출되는 국립대학 교수였고, 베스트셀러 저자로도 알려져 있었기 때문에 우리 가족의 비극을 가족 안에만 봉인해둘 수 없었다. 아들의 죽음은 언론을 통해 세상에 그대로 노출되었다. 급기야 지인을 통해 우리 집인 듯한 사진이 인터넷에 올라와 있다는 이야기마저 들었다. 아연실색하지 않을 수 없었다.

"이사할까?"

내 제안에 아내는 강한 거부반응을 보였다. 아내는 추억이 가득한 이 집에 집착했다. 어머니로서, 여자로서 실의의 구렁텅이 속에서도 마음의 상처를 달래줄 사람들과 교류하기를 원했다.

"여러 가지 일이 있었지만 난 여기가 좋아."

이런 대화를 몇 년에 걸쳐 반복했다. 그런데 더 이상 이사하자고 설득하지 말아야겠다고 생각했을 무렵, 문득 아내는 생각을 바꿨다.

지바현에 있는 집에서 차로 두 시간 반 정도, 간에쓰

자동차도로에서 조신에쓰 자동차도로로 갈아타서 가다가, 우수이토게 인터체인지에서 빠져나가 냉랭한 공기 속을 달렸다. 싱그러운 녹음이 무성한 길을 따라 드라이브하는 동안 아내가 말했다.

"여기라면 살아도 좋을 것 같아."

가루이자와에서 규쿠쓰카케(나카카루이자와라고도 불린다)와 오이와케로 이어지는 고원은 내게도 동경의 장소였다. 100세 가까이 되는 장모님의 마지막 거처가 사이타마현 구마가야시에 있다는 것도 크게 작용했다. 구마가야까지는 신칸센으로 30분 만에 갈 수 있는 거리였다. 마침 딸의 해외 유학이 결정되어 생활 사이클을 바꾸기에 꼭 알맞은 타이밍이기도 했다. 하지만 아내는 딱 하나 양보할 수 없는 조건이 있다고 했다.

땅을 일구고 싶다.

제철 채소를 키우면서 사람들과 깊이 교류하며 살고 싶다는 것이다. 그 생각에는 나도 대찬성이었다. '산'에서 살고 싶다고 생각한 무렵부터 나 또한 때때로 땅을 가까이 두고 풀이나 꽃, 채소 따위를 키우고 싶었기 때문이다.

그리하여 우리는 5년 전 가루이자와에서 오이와케로 이어지는 고원의 한편에 거하게 되었다.

*

도쿄에서 신칸센으로 약 한 시간 정도 걸리는 가루이자와역. 가루이자와역에서 3킬로미터 정도를 더 가야 집에 도착하니, 사실 시간과 비용을 생각하면 결코 만만치 않다. 하지만 그만큼 희생하더라도 우리는 완벽하게 조용한 시간을 보낼 수 있다. 이 시간은 사소한 것들이 만들어내는 고독한 행복을 즐기는 시간이기도 하다.

물론 행복한 기분이란 시간과 함께 변한다. 그래도 오감의 쾌적함이나 혐오의 영향을 받아 격렬하게 요동치지는 않는다. 진폭은 작지만 생생하게 살아 움직이는 그런 감각이다.

'산'에 살겠다고 했지만, 사실 규카루이자와 주변에는 멋들어진 레스토랑이나 부티크, 잡화점이 점점이 박혀 있다. '프린스도오리'라는 널찍한 도로를 따라 아웃렛이 늘어서 있는 이 고원에는 '도회적인 풍경'이 넘쳐난다. 게다가 고원의 여름은 또 어떤가. 국내외에서 물밀듯이 밀려오는 관광객들 때문에 교통 체증 또한 만만치 않다. 이런 세속적인 모습에 질려 가루이자와를 멀리하는 사람도 있을 것이다.

하지만 가루이자와에서 오이와케로 넘어가는 길에 있는, 가로수 사이로 난 인적 드문 오솔길을 걷노라면 내 안의 모든 잡념이 사라진다. 나무들 사이로 쏟아지는 햇빛에 비친 녹음, 귀여운 종달새의 지저귐, 그리고 향긋한 나뭇잎 내음. 자연을 향해 오감이 해방된다. 전나무 사이로 아사마산이 그 웅장한 모습을 드러내면 땀투성이가 된 아내와 나는 어쩐지 청량함을 느낀다.

"영차."

마치 약속이라도 한 듯 아내와 나는 똑같은 대사를 하며 오솔길 옆 벤치에 앉는다. 나무 사이를 스치듯 떠다니다가 잎갈나무에 걸린 안개를 바라보노라면, 아주 멀리 온 듯한, 그러면서도 몹시 그리운 장소에 와 있는 듯한 기분이 들어 마음이 평온해진다.

그런 때에는 육감六感이라도 작동하는 걸까. 소중한 고인故人들의 얼굴이 하나하나 눈앞에 떠오른다. 아버지와 어머니, 삼촌과 아들, 은사와 '심우心友'. 그들은 모두 웃고 있다. 적어도 나에게는 그렇게 보인다.

어머니가 내게 가르쳐주려 한 행복은 바로 이런 것이었을까.

이렇게 생각하면 신기하게도 내일에 대한 불안이 사그라든다. 그리고 쑤욱 하고 무언가가 내 안을 관통하는 느낌이다. 이런 조용한 각오가 자연스럽게 생겨나 예전에 내가 감동했던 일이나 사건에 대해서도 깨달음의 경지에서 다시금 바라보게 된다.

"내일은 말이야, 내일이 생각해준다카이. 오늘은 오늘로 충분하데이. 어떻게든 될 기다."

휴전 중일 뿐 '끝나지 않은' 한국전쟁이 종결될지 모른다고 한다. 그런 역사적인 전환을 나는 맑은 고원 한가운데서 바라본다. 고원의 자그마한 거처에서 계절의 축복을 듬뿍 받으며 한반도와 일본, 그리고 세계가 가는 곳으로 생각을 달린다.

어떻게든 되리라, 여기면서.

제 1 장
하늘을 우러르면 언제나

봄 하늘

아침에 일어나 아직 잠이 덜 깬 눈으로 가장 먼저 확인하는 것은 바로 하늘의 빛깔이다.

커튼을 반쯤 열고 바깥을 내다본다. 희뿌옇게 동터오는 하늘에서 아침 햇살 몇 줄기가 내려와 마치 집주인인 양 뜰 한가운데 우뚝 선 층층나무의 푸른 새잎을 투명하게 비춘다. 화창한 봄의 기운을 일러주듯 맑고 파란 하늘은 저 멀리까지 펼쳐져 있다.

아침 햇살은 커튼이 반쯤 걷힌 침실 창을 통해 안으로 들어오고 급기야 아내의 얼굴에까지 가닿는다. 눈이 부신 듯 아내는 실눈을 뜨고 "지금 몇 시야?"라고 나른한 목소리로 묻지만 나는 모호한 대답을 던지고는 커튼을 전부 걷고 창문을 열어 바깥 공기를 안으로 들인다.

건조하고 상쾌한, 하지만 어딘가 봄의 온기를 품은 바깥 공기가 방 안의 묵은 공기와 만나 섞인다.

창밖으로 머리를 내밀고 한껏 공기를 들이마신 다음, 후우 내쉬면 졸음이 싹 가신다.

아무래도 좋을 부부의 시시한 대화는 언제나 날씨 이야기로 시작한다. 동시에 이는 하루의 시작이기도 하다.

봄이 오고, 다시 짧은 여름으로 넘어갈 즈음 고원의 하늘은 1년 중에 가장 상쾌하다. 곧 하늘은 환한 빛으로 넘쳐나 땅 위에 짙은 명암을 드리울 것이다. 이곳의 하늘은 마치 우리에게 '맛 좀 봐라!'며 고행을 강요하듯 저 멀리 끝도 없이 구름만 가득 퍼져 있다가도 아무런 전조도 없이 갑자기 쨍하니 구름 한 점 없이 새파랗게 변하는 독일의 하늘과 닮았다. 햇살은 강하지만 습기가 없어 대기는 산뜻하다. 빛과 대기는 결코 서로 섞이지 않는 모양인지 숨막힐 듯한 무더위를 느끼는 일은 거의 없다.

20대가 끝나갈 즈음, 나는 독일로 유학을 떠났다. 납빛 하늘이 그저 원망스럽고, 쓸쓸함에 저릿저릿한 가슴을 어찌할 줄 모르던 나는 줄곧 봄이 오기만을 기다렸다.

앞으로 올 봄 하늘을 떠올리며 겨울 하늘을 즐긴다든가 할 여유 따위는 내게 전혀 없었다. 내 마음이 '청동의 배냇저고리(보들레르의 『악의 꽃』 수록작인 「저 벌거숭이 시대의 추억을 나는 좋아한다」에 나오는 표현-옮긴이)' 안에 갇혀 있었기 때문일까. 그렇게도 기다리던 봄이 찾아온 순간, 봄의 화려함에 압도되면서도 마음이 비뚤어진 것인지 나는 봄을 잔혹한 계절이라 여겼다.

당시 독일은 분단국가였으나 번영을 누렸다. 사람들의 얼굴은 보는 사람이 겸연쩍어질 정도로 환하게 빛났다. 1970년대 초, 생전 처음 찾아간 아버지와 어머니의 나라 한국에 비할 때 서독의 풍요로움과 해방감은 하늘과 땅의 차이만큼이나 크게 느껴졌다. 하지만 나는 번영하는 분단국가 서독의 평화가 부러우면서도 마음 깊숙한 곳에서 껄끄러운 느낌을 지울 수가 없었다.

분명 1970년대 후반 독일은 사상 최고의 번영 속에 있었다. 하지만 분단국가라는 멍에 아래 동서 독일의 대립이 '라인강의 기적'에까지 어두운 그늘을 드리웠다. 이는 사회 깊은 곳까지 꿰뚫어 보지 않으면 결코 눈치챌 수 없는 그런 그늘이었다.

당시 좌익 테러리스트 집단 '바더-마인호프 그루페Baader-Meinhof-Gruppe(바더-마인호프 집단. 독일적군파)'의 비밀 활동은 서독 사회를 공포 속으로 몰아넣었다. 분단국가는 제아무리 풍요롭다 해도, 언뜻 보아 평화로운 듯해도 그 안에는 항상 폭력의 불씨가 숨어 있다. 독일적군파의 동향이 현지에서 보도될 때마다 현실은 결코 만만치 않음을 새삼 느꼈다. 나는 베를린장벽 앞에서 그 정체를 실제로 경험하고 싶었다. 하지만 내게는 기회가 오지 않았다. 독일어 시험에 합격해 정식 입학 허가를 얻은 유학생들만의 베를린 버스 투어에 초대받았지만 구 동독(독일민주공화국)과 국교가 없는 반공 국가(한국)의 여권밖에 지니지 않은 내가 베를린장벽 앞에 선다는 것은 이룰 수 없는 꿈이었다. 멀리 독일 땅까지 찾아왔으나 스스로 원해서 선택한 것도 아닌 국적이라는 문제 때문에 내 가능성은 뜯겨나가고 말았다. 나는 이런 냉엄한 현실 앞에 무릎을 꿇을 수밖에 없었다. 국가란, 국적이란 땅끝까지 달라붙어 따라오는 것인가. 나는 갑갑한 기분을 풀 길이 없었다.

이런 나를 달래준 것은 어머니가 가끔씩 보내주시는 편지였다. 학교를 다닐 기회를 빼앗겨 자유롭게 읽고 쓸 수 없었던 어머니는 사랑하는 아들에게 보내는 편지조차 당신 힘으로는 쓸 수가 없었다. 어머니의 심정은 형수가 듣고 받아 적어 내게 전해졌다.

“못 배운 사람은 참 파이네. 편지 한 장을 못 쓰고. 하고자븐 말이 이래 많아도 쓰지를 못해서 너거 형수에게 써 달라 캤다. 이제 거는 봄이가? 좀 따뜻해졌제? 독일이 어떤 덴지는 몰라도 춥은 데는 맞제? 여는 벌써 벚꽃이 핐구마. 다쓰다산에도 벚꽃이 만발했데이. 니한테 보이줄 수 있으마 좋겠구마이.”

봄은 어머니가 가장 좋아하는 계절이었다.

전쟁 중, 겨우 돌도 채우지 못하고 영양실조로 먼저 가버린 장남에게 '하루오春男'라는 이름을 붙인 것도 봄에 대한 어머니의 마음 때문이었다. 봄은 싹트는 계절이다. 무엇이든 다시 살아나는 시간이다. 나는 계절의 변화를 민감하게 느끼고 그에 쉽게 영향을 받는 어머니의 체질을 물려받은 것이 분명하다.

어린 시절, 나는 봄이 되면 기분이 제일 좋았다. 이심전심이라고, 마마보이였던 나는 어머니에게 계절 취향까지 물려받은 것이다.

"봄에는 마, 뭐든지 새로운 기라. 봄나물에는 영양이 많데이. 봄에 좋은 걸 많이 묵으노마 여름을 안 타는 기라. 많이 묵으두시오."

봄이면 산나물, 봄양배추, 햇감자, 부추, 땅두릅, 소송채가 우리 집 식탁을 장식했다. 사치스러운 식탁과는 거리가 멀었지만 그럼에도 제철 음식이 식욕을 돋우었다. 회갑을 지났음에도 큰 병 앓는 일이 없었던 것도, 가끔은 어쩔 수 없이 불규칙한 생활을 하지만 그래도 이렇게 활력을 잃지 않고 사는 것도 어려서부터 제철 음식을 많이 먹어두었기 때문이리라.

제철 음식을 먹는다. 사치스러운 고급 음식은 아니더라도 그것이 풍요로운 식생활임을 어머니는 매일의 식탁을 통해 나에게 가르쳐주었다. 이는 어머니가 사랑해 마지않던 하루오의 죽음이라는 존엄한 희생으로 대속된 가르침이었다. 그리고 마치 그 하루오가 하는 말에 귀라도 기울이는 것처럼 어머니는 벚꽃이 지는 계절에 평온하게 숨을 거두었다.

죽음과 재생. 나에게 봄은 희망과 잔혹함이 딱 달라붙어 있는 계절이다.

독일 유학 중 일본으로 잠시 귀국하는 날이 왔다.

사방은 숨이 턱턱 막힐 정도로 풀 냄새가 진동하고 한없이 맑고 푸른 하늘 아래 신록의 나무와 선명한 빛깔의 꽃들이 빛나던 1980년의 5월, 나는 대학가의 작은 역 앞에 서 있었다. 일본에 가서 아내를 만난다는 기쁨에 발을 동동 구르며 배웅 나온 동료 학생들과 인사를 나누었다. 열차가 천천히 움직이기 시작했고, 배웅 나온 친구들의 모습도 점점 작아졌다. 이제 내 청춘도 끝이 나는구나 싶었다. 감상적인 기분에 젖기는 했지만 내 마음에는 봄기운이 완연했다.

하지만 한국 전역을 뒤흔들고 세계에도 적잖은 충격을 준 '광주민주화운동'의 비극을 알고 나서는 나의 들뜬 기분도 사그라들고 말았다. 분단국가란 항상 그 안에 폭력이 구겨 넣어져 있음을 통감하지 않을 수 없었다. 서독에서는 테러로, 한국에서는 무자비한 진압으로 폭력이 분출되었다.

하이델베르크의 대학가를 걷다가 카페에 앉아 사 온 신문을 펼쳐 들었을 때 내 눈에 들어온 것은 바로 군인들에게 줄줄이 묶여 연행되는 광주 시민의 사진이었다. 얼마나 많은 무고한 사람들이 희생되어 죽어갔을까. 어찌해 정규군이 아무런 저항도 하지 않는 도시를 에워싸고 마치 전쟁터인 양 살육을 저질렀을까. 군대가 제 나라의 시민을 이토록 무자비하게 공격하다니….

고원의 봄 하늘을 바라보노라면 벌써 40년이나 지난, 너무나 화창해서 불길하게까지 여겨지던 그 봄날이 먼 듯도, 가까운 듯도 한 기억이 되어 눈앞에 어른거린다. 이제 독일은 통일되었고 한국에서는 광주민주화운동을 제재로 한 영화 <택시운전사>가 전에 없는 흥행을 했다.

그러나 희생자는 돌아오지 않는다. 영원토록.

분단국가이기에 내재하고 있던 폭력은 한없이 약해져 피아니시모의 강도로 희미하게 명맥을 유지하고 있다. 군사경계선의 멍에가 사라지는 날, 한국은 또 서독과 마찬가지 길을 걷게 될 것이다. 시대는 쉼 없이 살아 있는 생물처럼 변화해간다.

고원의 하늘도 가끔 계절의 변화무쌍한 모습을 보여

준다. 그뿐만이 아니다. 고원의 하늘은 한시도 쉬지 않고 끊임없이 모습을 바꾼다.

봄기운 가득한 뜰 여기저기에 핀 작은 꽃들에게서 생명의 조화를 느끼는 휴일 오후, 뜰을 향해 있는 테라스에 긴의자를 가지고 나와 그저 멍하니 변해가는 하늘을 바라보는 것이 좋다. 누워서 올려다보면 하늘은 한없이 가깝고 또 멀리 있다.

표고 1,000미터의 고원은 분명 평지보다는 하늘에 가까워졌을 터이다. 하지만 투명한 푸른색이 영원히 이어진 듯한 하늘은 얼마나 높고 또 멀리 있는지. 가깝게도 멀게도 여겨지는 미묘한 감각에 빠져, 기분이 내키면 읽던 책으로 시선을 돌렸다가 문득 생각나면 하늘을 바라본다. 지극히 행복한 한때다.

더할 것도 뺄 것도 없다(1995년 산토리사의 야마자키 위스키 광고에 나온 카피-옮긴이).

예전에 본 인상적인 텔레비전 광고 카피 하나가 떠올랐다.

대단한 무언가도 없이 그저 하늘을 바라보고 그 흐름을 주시하면, 이렇게 하는 게 좋을까 저렇게 하는 게 좋을까 잔머리를 굴리는 내가 아니라 있는 그대로의 내가 된다. 존재하는 것은 흘러가는 의식뿐.

이 흐름에 몸을 맡긴다. 티끌 한 점 없이 맑은 하늘에는 어느새 솜뭉치 같은 구름이 피어올라 두둥실 떠다닌다. 하늘을 떠도는 뭉게구름이 해를 가리면서 시원한 그늘을 드리운다. 눈 깜짝할 사이에 그늘이 사라지는가 싶더니 또 다시 생겨난다. 구름은 제 마음 내키는 대로 떠다니고, 그 움직임에 따라 명암은 바쁘게 교차된다.

주변 땅을 넘보기라도 하듯 잎과 가지를 한껏 뻗친 느릅나무가 구름의 움직임에 맞춰 이제 막 싹을 틔우기 시작한 잔디 위로 그늘을 드리운다. 내게 말이라도 거는 걸까. 온몸의 긴장이 풀리고 전신이 연체동물처럼 흐물흐물해진다.

그런데 이런 기분을 나만 느끼는 건 아닌 모양이다. 거실의 커다란 창문 한편에서 멍하니 하늘을 바라보며 힐끗힐끗 내게 눈길을 주는 고양이 루크. 루크도 몸에 힘을 전부 다 뺀 듯하다.

루크는 내가 테라스에 나오기 전부터 하늘을 우러러보고 있었다. 거구의 몸을 아무렇게나 누이고 무료한 듯, 번민하는 듯 하늘에 빠져 있는 루크는 어딘가 사색에 잠긴 철학자 같은 데가 있다.

어쩌면 루크에게는 나도 그렇게 보일지 모르겠다. 마치 자기 동료처럼.

“여보, 기분이 좋은가 봐.”

찰나의 고요는 아내의 갑작스런 방해로 막을 내리고 말았다.

"나도 그리 갈까? 잠깐만, 커피 가져갈게."

나는 어물쩍 선 대답을 하며 행복했던 한때의 여운을 되찾아보려 하지만 헛수고임을 알고 있다. 얄팍한 생각과 계산적인 행동을 잠시나마 잊었던 이유는 그저 흐르는 의식에 몸을 맡기고 있었기 때문이니까.

내 작은 불만을 알아챘는지 어쨌는지 아내는 긴의자로 다가와 내 옆에 앉아서는 방금 내린 커피를 후후 불어 마시며 내가 그랬던 것처럼 사색에 잠겨 하늘을 우러러본다. 나도 커피잔을 입으로 가져가며 아내의 시선을 쫓아 하늘로 시선을 옮긴다. 한동안 침묵이 흐른다. 하늘을 올려다볼 때 우리에게 말은 필요 없다. 그저 둘 다 같은 방향을 보고 있음을 알면 그걸로 족하다. 뒤돌아보니 루크도 함께하고 싶었는지, 앞다리로 유리창을 긁듯이 두드린다. 들뜬 것 하나 없는 고요한 세상이다.

운명의 여름

때때로 하늘에서 억수비가 쏟아지던 장마가 지나가고 겨우 여름이 왔나 했더니, 이제는 태워버릴 듯 이글거리는 햇빛에 현기증이 날 정도…. 이것이 규슈 지방 구마모토의 무서운 여름이다. 1950년의 8월은 부모님에게 특별히 더 힘든 계절이었을 것이다. 내전이 발발한 조국에 사는 육친의 안부조차 알 수 없었으니 말이다. 그런 불안과 초조함으로 가득한, 불타는 더운 여름에 나는 태어났다.

"사람은 말이라, 자기가 태어난 날을 우야든지 기억하는 기라. 아무래도 그런 거 갈데이."

가끔 스스로도 반신반의하듯 고개를 갸우뚱거리면서도, 분명 그럴 거라며 당신 자신을 타이르던 어머니의 모습이 떠오른다. 여름에 태어난 나는 어릴 적부터 여름이 돌아오면 활기가 넘쳤다. 자지러지듯 엄청나게 큰 소리로 울기도 했고 신이 나서 까불기도 했다. 그런 모습이 어머니 당신 눈에는 아이가 스스로 태어난 계절을 축복하는 듯 비친 모양이다.

슬픔과 괴로움, 절망과 비탄에 사로잡혔다가도 삶의 복원력이 작동하는 것은 내 안에 자연스럽게 열을 내는 에너지가 저장되어 있기 때문이 아닐까. 아버지와 어머니, 삼촌과 친구의 죽음, 그리고 무엇보다 아들의 죽음은 나를 한 줄기 빛조차 찾아볼 수 없는 검은 태양의 세계에 가둬버릴 듯했다.

나도 그들이 있는 황천으로 가자, 몇 번이나 그런 유혹에 시달렸다. 하지만 나는 그러지 않았다. 내 안쪽 어딘가에 탄생 그 자체가 생명의 에너지로 가득 차 있었다는, 언어 이전의 기억이 있어서일까.

사람이 태어나서 사는 것, 그 자체가 축복이다.

이런 확신이 나에게서 사라지는 일은 한 번도 없었다. 삶은 존엄하다는 감각이 죽음에 이끌리는 감각을 앞섰다. 아마도 여름에 태어났기 때문이리라. 이 긍정적인 힘이 내가 사는 '리理'의 세계를 어딘가에서 지탱해주었다. 삶이 죽음을, 평화가 전쟁을 이기는 때가 분명히 오리라.

"사람은 자기가 태어난 날을 우야든지 기억하는 기라."

한국전쟁이 발발한 해에 태어나 남북이 분단된 시기를 살던 내가 혹시라도 70세가 되기 전에 남북평화협정이 체결되는 순간을 맞는다면 분명 어머니의 말씀을 깊이 되새기겠지.

내게 여름은 운명의 계절이다. 이렇게 생각하게 된 까닭은 몇몇 잊히지 않는 추억들이 마치 정해놓은 듯 여름에 집중되어 있기 때문이다.

처음으로 사랑에 빠진 것도, 그 풋사랑이 깨진 것도 한창 무더운 여름이었다. 또 아내가 처음으로 구마모토를 방문하고 둘의 연이 맺어진 것도 모두 여름이었다. 무엇보다 나의 죽음과 재생으로 이어지는 코페르니쿠스적 전환이 일어난 것도 대학 시절의 여름방학—1970년대 초반의 서울 체재—이었다.

대학 시절 정치학을 전공했지만 현실 정치와는 거리를 두었던 나는 미시마 유키오의 자결, 그리고 자이니치 학생 양정명(일본 이름은 야마무라 마사아키이다. 일본으로 귀화했으나 차별을 경험했다. 와세다대학에서 문학을 전공하면서 원래 이름으로 활동하려 했으나 자이니치 학생 모임인 일본조선연구소로부터 배신자라는 이유로 가입을 거절당한다. 이후 일본민주청년동맹에 가입했다가 탈퇴하고 25세의 나이에 분신자살했다-옮긴이)의 자살이라는 시대의 조류에 휩쓸려 한국으로 건너갔다.

서울에는 변호사로 일하는 작은아버지—'대일본제국'

시절에는 헌병이었고 전후 조국으로 돌아가 해군 법무참모로서 한국전쟁에 참전했다—가 살았다. 세피아색 사진으로만 보아왔던 작은아버지는 눈에 띄는 검은 외제 양복을 입고 있었다. 사진 속에서 본 살짝 마른 듯한 늠름한 청년은 어딜 가고, 풍채 좋고 점잖은 신사가 나와 있어 적잖이 놀랐지만 내면의 깊이와 그 복잡하고 어두운 풍경을 짐작케 하는 단정한 눈매는 어딘가 아버지를 닮은 것 같았다.

군사독재 체제 아래의 서울은 언제든지 폭력 사태가 일어나도 이상하지 않을 정도로 거칠고 야만적인 분위기였다. 거리는 군인과 경찰이 그득했고 위생 상태 또한 결코 좋아 보이지 않았다. 하지만 서울은 마치 피부가 벗겨져 혈관과 신경이 밖으로 다 드러난 채 발버둥치는 생물처럼 무시무시한 에너지를 발산하고 있었다.

나는 사람들의 커다란 목소리와 진지함에 압도되었다. 그 박력에 튕겨나갈 듯 불편한 마음이 드는 것도 사실이었지만 가는 곳마다 그리운 광경이 이어지던 서울이었다. 속마음을 감추지 않고 전부 다 드러내는 사람들, 그 모든 것을 받아주는 거친 솔직함에 움찔움찔 놀라면서도 가면과 두꺼운 의상을 벗어던지고 본성 그대로 있는 편안함을, 나는 난생처음 몸으로 느꼈다.

어찌해 어머니의 감정 표현은 그렇게 극과 극을 달렸

는지, 어찌해 어머니는 어린아이처럼 순진무구하고 꼬인 데가 없었는지, 어찌해 화가 나면 나는 대로 그렇게 울적한 감정을 폭발시켰는지….

나는 모순덩어리처럼 느껴졌던 어머니를 낳은 근원에 도달한 듯했다. 서울에 머무르는 동안 내 안에서는 어떤 결심 같은 것이 천천히 싹트기 시작했다. 어머니를 키운 이 세계를 전부 받아들이자. 그리고 운명처럼 이 세계를 스스로 선택해 보이자.

여름도 끝이 났다. 일본으로 돌아가는 비행기 안에서 밤의 어둠 가운데 떠오르는 서울의 불빛을 물끄러미 바라보며 내 눈에서는 하염없이 뜨거운 눈물이 흘러내렸다.

'서울이여 안녕히… 나는 이제 강상중으로 살아갈 테니 분명 우리는 다시 만날 거야.'

마음속으로 이렇게 중얼거렸다. 서울의 여름과 구마모토의 여름은 내 마음속 깊이 뜨거운 청춘의 이미지로 새겨졌다. 여름은 내가, 바로 내가 된 계절이다.

고원에서는 억수비가 이어지지 않는다. 우울한 장마철 추적추적 내리는 비도 질릴 정도로 이어지지는 않는다. 그저 안개가 낄 뿐이다. 하늘은 물론 주위의 모든 것이 끝이 보이지 않는 운해 속에 갇힌다.

특히 6월과 7월은 짙은 안개가 주변을 뒤덮는다. 그러면 고원은 안개에 둘러싸여 몽환적인 세계가 된다.

이사한 지 얼마 되지 않았을 때만 해도 나는 짙은 안개가 놀랍고 곤혹스러웠다. 봄의 상쾌한 하늘 덕분에 붕 떴던 기분이 짙은 안개 때문에 음침하게 가라앉았다.

아침에는 맑고 투명한 하늘에 푸른 뜰이 싱그러웠는데 아래로부터 점점 안개가 기어 올라와 꼼짝않고 버티면서 세상은 온통 우윳빛으로 바뀐다. 이것이 일교차가 극심한 고원의 초여름이다.

볼일을 보러 도쿄에 나가야 하는 날 아침에는 특히, 안개에 점령당한 뜰은 보기만 해도 맥이 빠진다. 하지만 아내는 나와 달리 변덕스러운 날씨에도 흔들림 없이 '정상 상태'를 유지하는 사람이다. 아내는 바깥의 변화 때문에 마음의 눈금이 올라갔다 내려갔다 하지 않는다. 언제까지고 천진난만하고 순수한 마음 그대로를 유지하며 산다.

언제부터였을까, 아내처럼 나 또한 안개 끼는 날을 목이 빠져라 기다리게 된 것은. 모든 것을 눈으로 보지 않으면 성에 차지 않는, 노출광처럼 변해가는 세상에 질려 보이지 않는 것도 있어야 마음이 평온해지는 법임을 마음속 깊이 깨달았기 때문이다. 아들의 죽음을 비롯해 우리 가족의 가장 약한 부분이 세상의 호기심 어린 눈에 희생당하는 고통스러운 경험은 언론매체에 얼굴을 내밀며 살아온 나 자신의 뼈아픈 인과응보처럼 여겨졌다. 우리 가족은 마음의 피난처를 찾고 있었다. 마음의 상처, 치유되지 않은 커다란 심적 충격, 이것들을 전부 한꺼번에 껴안아주는 고원의 안개는 습기를 싫어하는 나에게도 언제부턴가 기분 좋은 자연의 조화처럼 여겨졌다.

이 또한 고원의 '공덕'일까. 이제는 '높은 지대에는 드높은 지혜가 있다高地には狡智がある'라고 운을 맞추어보고 혼자 흡족해하기도 한다.

하지만 이렇게 안개로만 뒤덮여 하늘이 보이지 않는 날이 계속된다면 누구라도 질릴 것이다. 그런데 여기에도 '높은 지대의 드높은 지혜'가 작동한다. 고원의 여름은 안개의 세계와는 완전히 다른 별세계를 선사해준다.

고원의 여름 하늘은 청량한 공기로 반짝반짝 빛난다. 올려다보면 눈이 부실 정도로 이글이글 불타오르는 남국의 여름 하늘에 길들여진 내게 청량함이 감도는 여름과 상쾌한 하늘은 놀라움으로 다가왔다.

이곳은 한여름에도 평균기온이 20도 전후. 하지만 내리쬐는 햇살은 날카롭고 빛은 구름의 움직임에 따라 강약을 오간다. 그에 따라 뜰 잔디밭에 드리운 나무 그늘도 모습을 바꿔간다. 보송보송하게 잘 마른 공기.

봄이 찾아왔다가 물러날 때까지 각각 제 색깔을 한껏 뽐내던 우리 집 뜰의 작은 꽃들은 그 역할을 마치고, 이제는 푸른 잔디와 나무들이 무성해지기 시작한다.

나는 고원의 여름을 겪으며 처음으로 담담한 수채화 같은 여름이 있음을 알았다. 소싯적 '불타오르는 청춘의 여름'과는 달리 차분해진 정열이 잔불처럼 고요히 타오른다.

열에 들뜬 원색적인 여름. 그리고 고요한 잔불이 마지막을 향해 타 들어가는 여름. 이 두 개의 여름은 잊을 수 없는 사람과의 추억으로 나를 이끈다.

자작나무 너머, 러시아

목 뒤가 서늘하다. 하늘은 한없이 높고 푸르다. 아사마산 봉우리에는 정어리구름이 제 반짝이는 비늘로 푸른 하늘을 되비추며 가을이 왔음을 알린다. 가을은 살금살금 다가오더니 어느새 점점 깊어져 고원의 풍취를 바꾸어놓았다.

나이를 짐작할 수 있을 정도로 나무껍질이 깊게 주름진, 뜰의 물참나무도 노란빛 단풍으로 물들었다. 인간으로 말하자면 분명 후기 고령자쯤에 속할 물참나무다. 하지만 건강하게 또 열심히 보는 사람의 눈을 즐겁게 해주려고 노력하는 듯하다.

이에 반해 단풍나무는 마치 '여태 가을이 오기만을 기다렸습니다!'라고 하듯 선명한 그러데이션의 단풍잎을 아낌없이 보여준다.

아내가 무척 좋아하는 단풍나무.

조그만 뜰이 딸린 이 집을 선택하게 된 이유도 뜰 한 편에 오도카니 서 있는 단풍나무가 아내의 마음에 들었기 때문이다. 나도 단풍나무를 좋아한다. 단풍나무는 가을을 아름답게 물들이는 히로인이다.

하지만 내가 가장 좋아하는 가을 나무는 자작나무다.

고원의 귀공자, 자작나무.

일교차가 심할수록 옅은 금빛 띠를 두른 듯한 광택을 떨치는 자작나무는 고원의 냉랭한 공기와 가장 잘 어울린다. 그리고 무엇보다 흰색이라 좋다.

어찌해 흰색이 좋은 걸까. 단풍의 풍부한 색감을 좋아하는 아내와 자작나무의 흰색을 사랑하는 나. 우리 부부의 취향은 여기서도 이렇게 갈린다.

"은근히 자작나무에 집착하네? 어째서 또 흰색이야?"

아내가 놀리듯 묻는다. 왜 좋아하는지, 사실 짐작이 안 가는 것은 아니다. 영화 <닥터 지바고>. 마음의 빗장을 걸어닫고 있었던 고등학교 시절, 나는 거장 데이빗 린 감독의 대작 <닥터 지바고>를 혼자서 몇 번이고 보았다.

운명의 장난으로 헤어졌다 다시 만나게 된 주인공 지바고와 라라. 둘은 러시아 변경의 작은 공원 벤치에서 어깨를 마주하고 사랑을 속삭인다. 낙엽이 날아오르고 라라의 테마가 발라라이카(우크라이나의 민속 악기-옮긴이)로 연주되면 영화는 클라이맥스로 돌입한다. 푸른 하늘을 향해 자작나무가 치솟은 장면이 내게는 몹시 인상적이었다.

나는 이 장면이 보고 싶어서 몇 번이고 영화관을 찾아갔다. 그 정도로 하늘에 선명하게 대비되는 하얀 자작나무 장면이 내 마음을 울렸다.

그 뒤부터는 '닥터 지바고+자작나무+아름다운 라라'의 연상이 뇌리에 깊이 새겨져 몇 번이고 극장에서, 또 비디오로 질리지도 않고 계속해서 같은 영화를 감상했다.

푸시킨, 톨스토이, 도스토옙스키, 그리고 체호프. 러시아 문학의 높은 봉우리들을 우러러보며 그중 하나에만이라도 올라가고 싶던 학창 시절, 나는 러시아에 관해 알 수 없는 낭만적인 환상을 품었다. 내게 러시아는 '미국 자동차+팝 음악+일렉트릭 기타'의 조합, 즉 풍요롭지만 '낭만의 향기'는 거의 없는 '아메리카니즘'과 대척점에 있는 듯 여겨졌다.

그럼에도 나는 '붉은 러시아(구 소비에트 연방)'의 사회주의에는 빠지지 않았다. 사회주의와 마르크스주의의 권위가 아직 땅에 떨어지지 않았으며 또 어딘가 진보적인 이미지의 잔재가 남아 있던 시절이었다. 조금이라도 반항적인 젊은이라면, 사회주의의 나쁜 점을 비난하는 것이 어딘가 켕기던 그런 시절이었다. 나는 내심 강하게 반발하면서도 러시아에서 낭만의 향기를 느꼈다.

왜 사회주의와 마르크스주의가 불편했을까. 전쟁 전에는 대일본제국의 충성스럽고 선량한 헌병이었으며 해방 후 해군의 법무참모로 한국전쟁에 참전, 그 뒤 '반공 법률가'로서 이름을 날린 작은아버지의 존재가 그늘을 드리우고 있었는지도 모르겠다. 처음으로 서울을 방문했던 여름, 야간 통행금지령하에서 '공산주의'와 대치하는 최전선의 가혹한 현실을 마주하자 사회주의에 대한 내 안의 환상은 사라져버렸다.

서울에서 돌아와 대학 캠퍼스 안에 빽빽하게 들어선 '섹트(1970년대 일본 학생운동의 각 분파–옮긴이)'의 입간판을 보고 강한 분노를 느낀 것도 그것이 바다 건너의 분단국가와 오키나와라는 '완충지대'에 의해 지켜지는 '성안의 평화 Burugfrieden(제1차 세계대전 당시 독일의 각 정파들이 전쟁에 대비해 일시적으로 힘을 모았던 노선–옮긴이)', 바꿔 말하면 '특권'처럼 여겨졌기 때문이다. 내 안에서는 점차로 '반공反共' 아니, '비공非共'의 마음이 커져갔다.

그런 내 마음을 분명하게 해준 것은 당시 마르크스의 호적수로 평가받던 독일 사회과학자 막스 베버였다.

대학에 입학해 우연히 대학가 헌책방에서 발견한 철학자 칼 뢰비트의 『베버와 마르크스』를 정신 없이 허겁지겁 읽은 나는 눈 깜짝할 사이에 '베버리안'이 되었다.

자본주의적인 합리화는 '철창'처럼 견고해 그것을 밑바닥부터 뒤집어 엎는다는 것은 불가능하다. 하지만 '그럼에도 불구하고dennoch(!)' 그 '비인간성'에 항거해나갈 수밖에 없다.

이렇게 주장하는 베버에게는 어딘가 겨울을 참고 견디어내는 '인동초' 같은 모습이 느껴졌다.

생각해보면 어머니, 아버지, 작은아버지 그리고 나를 사랑해주었던 많은 어른들이 당신들에게 주어진 가혹한 현실을 '운명애運命愛(아모르 파티Amor Fati. 주어진 삶을 사랑하라는 니체의 말. 영원회귀의 관점에서 보면 삶은 무한히 반복하는데 그럼에도 허무주의에 빠지지 말고 오히려 주어진 삶, 즉 운명을 긍정적으로 받아들이라는 의미-옮긴이)'를 가지고 수용했다. 그렇게 참고 견디면서도 그들은 나름의 긍지를 잃지 않았다. 그리고 김대중 전 대통령의 별명도 '인동초'가 아니던가. 이것들이 과연 우연이었을까. 나는 그렇게 생각하지 않는다.

<닥터 지바고>의 원작자 보리스 파스테르나크 또한 스탈린 체제의 희생자이며 '인동초' 같은 삶을 산 사람이다. 그러한 '붉은 러시아'의 가혹한 운명에 강한 분노를 느끼면서도 내가 러시아를 향해 계속해서 낭만을 품었던 이유는 베버의 『러시아혁명론』을 읽으며 받은 감동 때문이다.

러일전쟁 중에 일어난 '피의 일요일'부터 볼셰비키혁명에 이르는 격동의 러시아 역사를 짚으면서 사회주의 러시아에 닥칠 전제 지배를 예측하면서도 자유와 인권, 민주주의의 가능성을 주장했던 베버의 『러시아혁명론』을 읽은 나는 그 나라에 특별한 감정을 쏟지 않을 수 없었다.

하지만 내 짝사랑과도 같았던 그 낭만도 1978년 서독 유학 도중 환승을 위해 모스크바에 체재했던 경험으로 성한 곳 하나 남김 없이 산산조각 나고 말았다.

모스크바 올림픽을 앞둔, 번쩍번쩍한 새 공항의 상점이었지만 일하는 사람들의 눈에는 생기가 느껴지지 않았다. 그저 상냥해 보이는, 자조적인 웃음을 짓는 듯했다. 무엇보다 국제선 터미널 화장실의 화장지는 당시 사정을 고려한다 해도 많이 거칠었다. 쇼윈도 역할을 하는 국제공항 수준이 이 정도라면 보통 사람들이 사는 곳은 과연 어떨지, 보지 않아도 알 수 있었다. 러시아에 대한 환상은 급속하게 빛이 바랬고 이 체제는 근시일 내 노후된 건물처럼 차례로 무너질 거라는 예감이 들었다.

소련 체제의 붕괴를 재촉한 아프가니스탄이라는 진창에 발을 담근 것이 바로 그 무렵이었다.

유형무형의 의제들이 무너져 내리면서 세상 어디에도 낭만 같은 것은 없다고 외치고 있었다. 이는 베버가 말한

'마술로부터의 해방'을 의미했다. 명분, 이데올로기, 허세, 말뿐인 그럴듯한 구호, 그런 것들의 정체가 속속들이 까발려졌다. 그로부터 10년 뒤 베를린장벽이 무너지고 드디어 소비에트 연방이라는 최대의 의제가 자멸했다.

"니는 먼 데만 본데이. 먼 데만 보면 넘어진데이. 발밑도 잘 봐야 된데이."

어머니가 항상 훈계하시던 말씀이 묘하게 리얼리티를 가지고 되살아났다. 그렇게 신앙심이 두터웠던 어머니였지만 한편으로는 철저한 회의론자였으며 명분이나 의제 속에 감추어진 속마음이나 추한 이해관계를 잘 읽어냈다. 어머니는 '마술'에 걸려들지 않는 방법을 체득하고 있었다. 이는 가난 속에서 온갖 고생을 다 겪으며 알게 된 살아 있는 지혜이기도 했다.

하지만 어머니는 그저 의심 많고 닳아빠진 '현실주의자'와는 달랐다. 어머니에게는 다른 한편으로 사람을 향한 한없는 신뢰가 있었기 때문이다. 세상 사람들을 한데 묶어 회의라는 이름의 체로 걸러서 '사람이란 어차피 이런 것'이라고 함부로 판단하지 않았다. 다만 어머니는 세상에는 '정이 있는 사람'과 '정이 없는 사람'이 있다고 생각했다. 그리고 '정이 없는 사람'을 몹시도 싫어했다. 정이 없는 사람에게 틈을 내주지 않기 위해 마음의 무장을 게을리하지 않았다.

"세상에는 정말 나쁜 사람들이 있으니까 방심하지 말그레이. 그런데 좋은 사람도 있데이. 그 사람들 없었으마 몬 살았데이. 그 은혜는 절대 못 잊는 기라."

때때로 어머니는 정이 있는 사람의 이름을 구체적으로 거론해가면서 입버릇처럼 "세상에 못된 놈들만 있는 건 아니라카이"라는 말을 붙이는 것도 잊지 않았다. '정이 있는 사람이 되어라.' 어머니는 무의식적으로 이렇게 말하고 있었는지도 모르겠다.

정규학교 교육의 레일 위를 달려 대학원까지 나오고 대학에서 일하는 내게는 어머니에게 없는 '리理'가 있었다. 하지만 '정情'이 없는 '리' 같은 것은 허무하고, 때로는 어딘가 수상쩍은 것일 뿐임을 어머니는 본능적으로 느끼고 있었다. '리'에는 '정'이 없으면 안 된다. '정리情理를 다한다'는 말이 사람이 해야 할 도리를 가리키는 것임을 어머니는 묻지 않아도 가르쳐주셨다.

그리해 내가 '정리를 다하는' 사람이 되었는지 어떤지 … 사실 나도 좀 걱정이다. 그런 면에서 나는 아직 도중에 있는 듯하다. 유형무형의 모든 궁리와 의제, 이데올로기와 명분이 무너져 내려 사라진 지금, 그저 '마몬(시리아 말에서 '부', '돈'이라는 뜻으로 탐욕을 상징하는 악마-옮긴이)이라는 신'을 섬기는 것이 유일한 신앙처럼 여겨지는 시대에 '정이 있는 사람'으로서 '정리를 다하는 것'이 내게 남겨진 최후의 숙제처럼 여겨진다.

그럼에도 가을 하늘을 배경으로 산들바람에 흔들리는 자작나무의 아름다운 모습을 보면 젊은 시절 낭만의 잔향을 느끼지 않을 수 없다. 가을 하늘을 바라보는 것만으로도 감상적인 기분이 되어버린다. 그뿐만이 아니다. 가을 하늘은 내 안의 '고독의 벌레'를 자극한다.

고독한 골프, 잎갈나무 낙엽

혼자 있고 싶다. 혼자서 향수에 잠겨 묵묵히 손발을 움직이며 무언가에 몰두하고 싶다. 고원에서 살면서부터 이런 생각이 점점 강해졌다. 그래서 떠올린 것이 '고독한 미식가' 아니, '고독한 골퍼'였다.

솔직히 얼마 전까지만 해도 나는 골프가 싫었다.

"골프를 시작하면 인간으로서는 끝이야."

골프라는 말을 듣기만 해도 혐오감이 스멀스멀 올라올 정도로 싫었다. 그런데 어째서? 그건 나도 잘 모르겠다. 언젠가 한 출판 관계자와의 인연으로 처음 골프를 접했다가 가장 싫어하던 골프에 빠져버린 것이다.

움직이지 않는 작은 공을 긴 주걱으로 치는 게 뭐가 그리 재밌다고. 다 큰 어른이 두더지 구멍 같은 데에 골프공을 집어넣고 좋아라 날뛰다니…. 내가 가진 골프에 대한 이미지는 최악이었다.

실제로 그린에 나가서 해보니 생각처럼 잘 되지도 않았고 하는 족족 무참한 결과를 마주했다.

하지만 신기하게도 뜻대로 안 되는 부분이 묘하게 내 마음을 붙잡고 놔주질 않았다. 애를 쓰면 쓸수록 더 안 좋은 결과가 나왔다. 반대로 욕심을 버리면 생각지도 않게 좋은 결과가 나왔다. 게다가 하늘과 그린, 나무숲과 꽃들 그리고 야외에서만 맡을 수 있는 자연의 내음이 오감을 생생하게 자극했다.

본래 골프는 혼자 할 수 없다. 그렇게만 생각하다가 고원의 한구석에서 저렴한 요금으로 혼자서도 칠 수 있는 곳을 찾아 어쩌다 쉬는 날이 생기면 골프를 치러 가게 되었다.

그린 위에 서면 가슴속에 고여 있던 묵은 것들이 신선한 공기로 싹 바뀌어 마치 새로 태어난 기분이 든다. 위를 올려다보면 푹신푹신한 띠 모양의 작은 구름 뭉치가 무리를 지어, 빠져들 듯 푸르디푸른 하늘 위를 떠다닌다. 하늘은 높은데 구름은 낮아서 마치 내 곁에서 '어디 솜씨 한번 볼까' 하고 말하는 듯하다.

러프(골프에서 볼을 잘못 쳤을 경우 들어가는 벌칙 구역-옮긴이) 쪽의 무성한 풀밭에는 고개 숙인 참억새의 이삭이 산들바람에 흔들리고 옅은 분홍색 코스모스 꽃잎이 낙엽 사이로 얼굴을 내민다. 그린에는 나 혼자뿐이다.

한 줌도 안 되는 인간들이 이토록 광대한 자연을 독점하다니 용서할 수 없다며 분하게 생각하던 그 사람은 어디로 갔는지, 내가 봐도 참 얄팍하다. 쓴웃음을 지으며 드라이버 샷. 따악!

흰 공이 기분 좋은 소리를 내며 푸른 하늘로 날아오른다. 날아간 거리도 방향도 문제없이 딱 좋다. 갈색으로 변해가는 그린을 밟으며 혼자 흡족해한다.

"운이 좋군, 오늘은 어쩐지 예감이 좋아."

혼잣말을 하며 또다시 하늘을 올려다본다. 구름을 향해 '어때? 아무 문제 없지?' 하고 외치고 싶어진다.

동심으로 돌아간다는 건 이런 경우에 쓰는 말일까. 그럼에도 마음 한구석에는 여전히 쓸쓸함이 남아 있다. 마음속 '고독의 벌레'가 희미하게 운다. 하지만 그게 또 싫지 않으니 신기한 일이다.

그렇게 내가 가장 좋아하는 코스로 발걸음을 옮긴다. 왼편 급경사에는 잡목림이, 오른편에는 잎갈나무가 서로 키재기 하듯 빽빽하게 늘어서 있다. 정면은 가파르지 않지만 조금 높은 산으로 이어진다.

잎갈나무가 낙엽을 떨어뜨리고 있었다. 그 섬세한 잎이 비로드 융단처럼 쌓였다. 삼면이 나무로 둘러싸인 코스에는 가을 햇볕도 들지 않아 어쩐지 마음이 차분해진다. 바짝 말린 듯 건조한 고독감이 엄습할 징조를 보인다.

그 순간 나는 배어나는 땀을 닦으며 물을 마신다. 그

리고 '후우' 숨을 내쉰다. 주위의 그늘진 풍경은 마치 내 마음속 풍경 같았다. 그늘져 있지만 햇빛은 비쳐 드는, 반대로 말하면 해는 들지만 그늘진 그곳에 고독의 벌레가 조용히 숨쉬고 있는 것이다.

고독의 벌레는 먼저 간 아들의 생전 모습과 겹쳐져 눈에는 보이지 않지만 그 아이가 내 곁에 있는 듯 느껴지기도 한다. 극도의 신경증으로 고통받던 그 아이의 세계에 둥지를 틀었던 고독의 벌레를 나는 얼마만큼 이해했을까. 땀범벅이 된 목 주변으로 가을 저녁의 냉기가 서늘하게 느껴지면 문득 아들의 얼굴이 떠오른다.

한밤중에 혼자서 집을 나가 밤이 새도록 그저 걷기만 하다가 집으로 돌아오던 아들의 '고독한 산책'. 아들은 분명 제 안의 고독의 벌레를 필사적으로 길들이려 했으리라. 피곤한 나머지 바닥에 쓰러져 곤히 잠든 아들의 얼굴은 고뇌의 흔적 없이 평온했다. 어린아이처럼 순진한 얼굴이었다.

'고독한 골퍼' 생활에 열심인 내 얼굴에도 그런 천진난만함이 있을까. 답을 아는 것은 가을 하늘뿐이다. 가을 하늘과의 비밀스런 '고독의 골프'. 무엇과도 바꿀 수 없는 시간이 흘러간다.

뒤돌아보면 뉘엿뉘엿 저물어가는 하늘에 홀로 우뚝 솟은 아사마산이 아름답다.

겨울 벚꽃, 오리온자리

차가운 냉기가 코 깊숙이 들어오면 순간 '찡' 하고 아플 정도로 고원의 한겨울 추위는 예사롭지 않다. 집 안에서 유리창을 통해 햇볕을 쬐노라면 문득 봄이 왔나 하고 착각할 정도지만, 바깥으로 한 발짝만 나가면 찌르는 듯한 추위에 온몸이 오그라든다.

그럼에도 맑은 날 아침이면 나는 아내와 함께 산책을 가기로 마음먹는다. 볼일을 보러 아침 일찍 나가야 하는 날은 어쩔 수 없지만 아내와의 산책은 일과가 되었다. 쌓인 눈 위로 서리가 내리는, 화창하고 조용한 겨울날 오전.

아내와 나는 '중무장'을 하고 밖으로 나간다. 항상 걷는 오솔길 산책 루트에 얼마간의 변화를 주면서 우리는 약 한 시간 정도 걷는다.

뽀드득, 뽀드득 신발 밑바닥에 뭉쳐서 딱딱해진 서리를 발로 밟아 떨어내듯 한 걸음 한 걸음 신중하게 디디며 오솔길을 걷노라면 어느새 조금씩 땀이 나기 시작한다.

바싹 마른 차가운 공기가 얼굴을 아프게 찌른다. 눈에

서 눈물이 나고 주위가 잘 보이지 않을 정도로 안경이 뿌옇게 흐려진다. 아내는 마스크를 써서 코를 막고 두꺼운 오리털 외투를 입어 추위를 막아보려 하지만 찬 바람이 불 때마다 작은 비명 소리를 낸다.

우리가 처음 만났을 무렵에는 추운 겨울 바람을 가르며 자전거 페달을 밟는 것이 좋다던 아내다. 그런데 지금은 나보다 추위를 더 못 견딘다. 그래도 가끔은 온갖 잡담을 하며 또 어떤 때는 묵묵히, 걸으면 기분 좋아지는 겨울 오솔길이다.

"저기 좀 봐. 저 잎갈나무 어쩐지 겨울 벚꽃 같지 않아?"

아내의 손가락이 가리키는 쪽에서 잎갈나무 숲이 아침 햇살을 받아 연분홍 벚꽃처럼 반짝반짝 빛난다. 생선 뼈처럼 앙상한 나뭇가지에 눈이 달라붙어 햇빛을 반사하는 모습이 마치 산벚나무를 보는 것 같다.

둘 다 감동하여 멍하니 서 있었다.

고원에 살기 시작한 지 5년 남짓. 다섯 번째 겨울을 겪는 우리가 어찌해 이제껏 '겨울 벚꽃'을 발견하지 못했을까. 겨울에는 산책할 기회가 거의 없었기 때문일까. 아니면 극심한 추위로 하늘을 올려다보기보다는 아래를 내려다보았기 때문일까.

무슨 이유에서건 아내가 무심코 내뱉은 '겨울 벚꽃'이

라는 말에 나는 그만 감동하고 말았다.

고원의 벚꽃은 개화 시기가 평지보다 상당히 늦기도 하고, 평지에서처럼 품위 있는 화려함으로 사람의 눈을 끌지도 않는다. 하지만 봄 벚꽃 대신 '겨울 벚꽃'이 '고독한 산책자'를 위로해준다. 얼어붙는 듯한 찬 기운 속에서 봄 벚꽃보다 더 짧은 시간 피었다가 덧없이 사라져가는 '겨울 벚꽃'.

'겨울 벚꽃' 같은 눈 풍경이 문득 머릿속에 떠올랐다. 예전에 본 영화의 한 장면이다.

벚꽃처럼 눈송이가 날리고 눈보라 몰아치는 은세계. 은세계로 변한 군사경계선을 두고 서로 대치하는 남한과 북한 병사들. 서로의 속내를 빤히 다 헤아리는 듯 양쪽 대장들은 마주 보고 걸어와 담뱃불을 붙여주고 헤어진다. 무시무시하게 추운 고원의 겨울인 건 마찬가지지만, 평화로운 세상의 고원과 달리 그곳은 남북이 반세기에 걸쳐 대치해온 최전선이다. 꽁꽁 얼어붙어 꽉 닫힌 듯한 황량한 겨울 풍경 속에서도 벚꽃처럼 눈송이가 날린다. 이는 한국에서도 공전의 흥행작인 <공동경비구역 JSA>의 한 장면이다. 이 영화는 첫 남북정상회담을 앞두고 개봉되었다.

JSA란 판문점의 남한과 북한을 가르는 군사경계선상에 동서 약 800미터, 남북 약 400미터 규모로 지정된 구역을 말한다. 거의 20년 전 영화지만 문재인 대통령과 김정은 위원장의 두 번에 걸친 남북정상회담, 그리고 북미정상회담의 개최를 눈앞에 두고 보니 <공동경비구역 JSA>가 이를 예언한 건 아닌가 싶다.

판문각에서부터 군사경계선 앞으로 걸어오는 김정은 위원장과 그를 경계선 남측에서 마중하는 문재인 대통령. 김 위원장이 경계선을 넘어 남측으로, 곧이어 두 사람이 손을 잡고 경계선을 넘어 북측으로 갔다가 다시 남측으로. 그 작은 한 발짝이 실은 얼마나 힘들고 위험한 길이었으며, 또 얼마나 오랜 시간을 필요로 했는지…. 1953년 7월 27일, 한국전쟁 휴전 이래 시간이 멈춘 듯한 그곳. 영화는 JSA에서 경비를 담당하는 남한과 북한 병사들 간의 우정과 뜻하지 않게 일어난 살육을 통해 분단의 부조리와 비극을 부각시켰다.

아주 잠깐 군사경계선 북쪽과 남쪽으로 왔다 갔다 한 그 한 걸음에 생사가 걸려 있음을 영화는 예사로운 장면을 통해 보여준다.

판문점을 방문한 서양 관광객 중 한 여성의 붉은 모자가 바람에 날려 경계선 북쪽에 떨어진다. 그러자 주위는 한순간 얼어붙은 듯 긴장감이 감돈다. 배우 송강호가 연기하는 북쪽 병사가 모자를 집어 들고 웃으며 되돌려주려 한다.

그런데 모자를 받는 사람은 한국군이 아니라 UN군 신분으로 와 있는 미군 병사다. "내가 한국 군인이었다면 군 형법상 명령 위반 같은 중형에 처해졌겠지요. 고맙다는 말까지 했으니까요. 한국에서는 국가보안법에 의해 북한과의 접촉이 금지되어 있습니다"라는 미군 병사의 설명은 남북 분단이 얼마나 이상하고 골계적인지, 하지만 또 얼마나 비극적인지 말해준다.

"정말 바보 갈데이. 한 나라가 둘로 갈리가 서로 으르렁대싸코. 인자는 맨날 이래 싸움만 할 긴가 싶다. 북한에는 한 번도 간 적이 없으이까 가서 함 보고는 싶다. 그캐도 내 사는 동안에 그게 되겠나. 계속 이래 갈리가 통일은 안 되겠제."

앞으로도 계속해서 분단은 이어질 거라는 이야기. 상황이 변해 분단이 해소되고 남과 북이 자유롭게 왕래할 날이 오리라는 것은 어머니에게 꾸어서는 안 될 꿈처럼 여겨진 모양이었다. 당신은 끝내 꾸지도 못한 꿈을 아들은 꿀 수 있기를, 꿈으로 끝날 것이 아니라 그 실현을 위해 조금이라도 노력하기를 바란다고 어머니가 내게 말한 적은 한 번도 없었다. 하지만 어머니는 아들이 당신이 꾸지 못한 꿈을 꾸며, 그 꿈을 조금이라도 실현시키고 싶어 한다는 것을 알았다.

"얼마 전에 '센세이'가 텔레비에 나오는 거 봤다. 참말로 센세이 말대로데이. 서로 으르렁대는 것보다야 사이좋게 지내는 기 좋다카는 건 안 당연하나. 일본이 째매만 더 북한하고 남한 사이에서 서로 안 싸우구로 해주마 좋을 긴데. 정치는 어려버가 잘은 모르겠다마는 그래도 센세이가 하는 말은 잘 알겠다카이."

어머니는 당신이 꾸지조차 못하는 꿈을 이야기하는 아들이 혹시 위험해지지는 않을까 걱정하면서도 씩씩하다고 여겼다.

그런 어머니도 돌아가셨다. 나는 어느새 회갑을 지나, 여전히 남북 화해나 북미 교섭의 실마리조차 찾을 수 없는 상태로 시간만 10년이나 흘러버렸다. 분단을 넘어서기는 커녕 그것이야말로 꿈에서도 못 이룰 꿈이었나 싶어 거의 포기하고 있었다.

그랬는데 분단이 끝날 날이 올지도 모른단다.

한국전쟁 종결, 휴전협정 파기, 그 대신 체결되는 평화협정. 그렇게 된다면 멈추었던 시간은 다시 한 번 흐를 것이다. 그때는 고원에서처럼, 군사경계선의 맑디맑은 하늘 아래 '겨울 벚꽃'을 볼 수 있으리라.

고원의 겨울에 눈은 덤이다. 그렇다고 폭설이라 할 정도로 많이 와서 쌓이지는 않는다. 그저 물기가 많은 축축한

함박눈이 내리고, 내린 다음에는 약간 고생스러울 뿐이다. 눈이 무겁기 때문에 눈을 길 양쪽으로 쓸어내는 작업만 해도 삭신이 쑤신다.

그래도 구마모토에서 자란 내게는 눈을 쓸어내는 것 자체가 신선하고 재미있는 일이다. 그래서 눈 치우는 일에 자꾸 욕심을 낸다. 한 삽 가득 새하얀 눈을 퍼 올리는 일에 열중하는 것이다. 정신을 차리고 보면 어느덧 다리가 후들거리고 팔에 힘이 빠져 있다.

하지만 고무장화를 신고 뽀드득 뽀드득 눈을 밟으며 묵묵히 눈 치우는 작업에 열중하다 보면 땀이 나면서 마음이 훈훈해진다.

커다란 눈송이가 펑펑 내리던 하늘은 어느새 화창하게 개어, 그 아래 눈 덮인 전나무숲이 아름답다. 지붕보다 높게 자란 뒤뜰의 잡목림은 눈으로 하얗게 뒤덮였고 그 위로 한없이 파란 하늘이 펼쳐져 있다. 눈 풍경의 고즈넉함과 한가로움을 알게 된 것도 고원 생활의 기쁨이다.

"고생했어, 여보. 뜨거운 커피 마셔요."

아내가 부르는 소리에도 어딘가 활력이 넘친다. 음습한 겨울이 아니라 밝은 겨울도 있음을 알게 된 것은 고원의 '공덕'임에 틀림없다.

그럼에도 길고 길은 겨울밤의 하늘을 보고 있으면 문

득 감상적인 기분이 든다.

일을 마치고 집으로 돌아가는 길. '후우' 한숨을 내쉬며 집 앞에 서서 문득 올려다본 밤하늘에는 쏟아져 내리면 어떡하나 걱정될 정도로 많은 별들이 서로 겨루듯 반짝반짝 빛난다.

나는 언제고 그 많은 별들 중에서 오리온자리 가운데에 있는 별 세 개에 눈길이 멈춘다. 다른 것들보다 곱절은 밝게 빛나는 세 별. 아들의 왼쪽 눈 밑 뺨에는 작은 점이 세 개 있었다.

고운 모래처럼 수많은 별들 그중에 나를 향해
반짝이는 별이 있으니
—마사오카 시키—

사랑하는 아들은 오리온자리의 세 별이 되었다. 군사 경계선 위의 밤하늘에도 같은 별 세 개가 반짝이겠지. 아들은 경계도 없고 장벽도 없는, 어떤 생물도 분단하지 않는 세상으로 여행을 떠났다. 나 또한 저 오리온자리의 한구석을 비추는 별이 되리라.

겨울밤 하늘은 이토록 절절하게 마음 시린 한때를 내게 안겨준다.

제 2 장

사람은 걸어 다니는 식도

아버지와 정원 가꾸기

뜰은 놀랄 만큼 감동을 준다. 그런데 이 감동은 얄팍한 마음의 움직임에서 나온 것이 아니다. 조용하고 눈에 띄지 않으며 단조롭다. 그 단조로움 속에 변화가 있고 거기서 깊은 맛이 우러나와 뜰에 감응하게 한다. 이것이 놀랍고 또 감동적이다.

인생의 겉과 속을 알게 되었다. 기쁨이 크면 클수록 슬픔도 많으며, 인생에서는 순리를 따르기도 거스르기도 마음대로 안 된다는 것을 깨달은 초로의 두 사람. 그런 둘을 겨우 달래주는 공간이 바로 자연의 담백함이라는 질리지 않는 힘이 작용하는 뜰이다.

물론 고희를 앞두었다 해서 속세의 굴레를 벗어나 이익을 바라는 욕심이 없어지는 경지에 이르지는 않는다. 오히려 갈수록 속세에서 불어오는 바람에 민감해졌다 해도 과언이 아니다. 그렇기 때문에 뜰이 더욱 고맙고 절실한지도 모르겠다.

우리 집에 딸린 작은 뜰은 조경으로 꾸며놓은 뜰이 아

니다. 그런데도 우리 뜰에는 꽃이 있고, 꽃이 아닌 식물이 있어 각자의 삶을 구가한다. 빛과 바람, 곤충과 작은 동물들이 매개자가 되어 땅 위는 사계절 매 철마다 뚜렷하게 구별되는 광경이 마치 생물처럼 꿈틀거린다. 뜰은 여러 가지 조합을 이루면서 한순간도 그침 없이 호흡하고 땀을 흘리며 노폐물을 토해내는 신진대사를 반복한다.

나는 하숙집, 아파트, 맨션, 그리고 고양이 이마만 한 작은 뜰이 딸린 단독주택을 전전하며 살아왔다. 하지만 이렇게 살아 있는 뜰이 딸린 집에서 스스로 뜰의 삶에 매개자 역할을 한다고 실감하며 산 적은 한 번도 없었다. 이는 아내 또한 마찬가지다. 이런 두 사람이 흙과 빛과 바람과 녹음, 그리고 생물들의 섬세한 공생관계 속에서 삶을 누리며 어떤 면에서는 이들을 지탱하는 존재가 되었다.

살아 있는 뜰에는 인간이 필요하다.

이런 감각을 가르쳐준 것은 우리 집 정원사인 '가부키 씨'이다. 얼굴 생김생김이 너무나 가부키 배우 같아서 아내가 '가부키 씨'라 부르는 것에 고개가 끄덕여질 정도다. 정원사 가부키 씨가 꾸미지 않고 그대로 놔두면서도 모든 생물이 서로에게 매개자 역할을 할 수 있도록 헤아려준 덕분에 자유롭고 다채롭고 풍요롭게 진화하는 뜰이 존재할 수 있음을 알았다.

뜰을 비추는 햇빛. 구름을 따라 움직이는 그늘. 한시도 정체하지 않는 대기. 뜰을 적시는 빗물. 후드득 떨어질 듯한 안개. 지면을 들어올리는 서릿발. 벽처럼 퍼지는 상록수의 녹음. 화려한 낙엽수. 추운 겨울 모습. 하양, 분홍, 노랑, 연보라 빛의 꽃을 피우고 시들었다가 다시 소생하는 꽃들. 녹색 촉수를 뻗어나가 어느새 융단처럼 넓게 펼쳐진 이끼. 봄이 찾아왔음을 알리는 작은 새들의 희롱. 개미와 이름 모를 벌레들의 바쁜 움직임.

뜰은 하늘과 땅을 이어주는 회랑이다.

여기로 이사와 살다 보니 몸과 마음에 쌓인 응어리들은 사라지고 꿈속 풍경으로 들어온 듯한 기분이 든다. 꿈이라고 했지만 이 감각은 결코 환영이 아니다. 모습과 색과 냄새를 통해 내 안에 잠자던 꿈—뜰이 없었다면 결코 의식하지 못한 채로 없어졌을 어떤 이미지—이 선명한 풍경으로 나타나 눈앞에 꿈틀거리는 감각이다.

*

뜰에 물을 뿌리던 아버지의 모습이 떠오른다. 그런데 어머니의 그런 모습은 떠오르지 않는다. 그렇게 꽃을 좋아해 말년에는 꽃꽂이 교실에 다닐 정도였던 어머니지만 아버지처럼 정원 가꾸기에 집착하지는 않았다.

어머니는 구 일본해군기지로도 유명한 한국 남부의 진해에서 태어났다. 해안에서 자란 어머니는 잘 정리된 정원에는 별로 흥미가 없었다. 아리아케해 근처 바닷가에서 멀리 후겐다케산을 하루종일 바라보기를 좋아했다. 그러고 보니 어머니는 바닷사람이었다.

한편, 아버지에게는 산山사람의 풍취가 있었다.

아무리 떠올리려 해도 아버지와 함께 바다에 가거나 수영을 한 기억은 없다. 아버지는 어쩌면 수영을 못 하는 맥주병이었을지도 모르겠다. 아버지의 고향은 어머니의 고향보다 더 내륙 쪽으로 들어간 한촌이었다. 아버지는 산간마을에서 선조 대대로 물려받은 땅을 지키며 농사에 열심이던 농가의 장남이었다.

그런 아버지가 일본까지 와서 군수공장의 노동자가 되었다. 아버지는 처음에는 도쿄에 갔지만 나고야를 거쳐 결국 구마모토에 정착했다. 아마도 농업과는 전혀 상관없는 일을 하며 입에 풀칠하기에 바빴으리라. 그런 와중에 아버지의 마음속에서 땅을 향한 향수가 일지 않았을까. 아버지에게 정원 가꾸기란 고향을 향한 마음의 대상행위代償行爲였다.

우리 집이 완전히 새로운 집으로 바뀌면서 대문을 만

들고 뜰을 마련했을 즈음부터 아버지는 시간을 쪼개 열심히 정원 손질을 했다. 정원 가꾸기가 어느 정도 일단락되자 아버지는 툇마루에 앉아 담배를 물고 감개무량한 듯 뜰을 지그시 바라보곤 했다.

숨이 콱콱 막혀오는 여름 더위 속에서 손자를 안고 뜰에 물을 뿌리던 노인의 얼굴에는 웃음이 그치지 않았다. 마치 젊은 시절로 돌아간 것처럼 생기가 흘러넘쳤다. 세 돌이 막 지난 나의 아들은 눈을 동그랗게 뜨고 제 할아버지의 얼굴을 빤히 바라보았다.

소년 시절부터 고향과 타향의 틈새를 살며 그럼에도 땅에 대한 애착을 잃지 않았던 아버지. 아버지의 삶은 '끙끙 죽을 때까지 미는 소(나쓰메 소세키)'처럼 화려함과는 인연이 없는, 인생의 환난을 과묵하게 견뎌온 한평생이었다.

아버지, 아들, 손자.

뜰에 담긴 마음은 세대를 넘어 계승된다. 분명 아버지는 그렇게 생각했으리라. 다행히도 아버지는 사랑하는 손자의 죽음을 모른 채 세상을 떠났다. 나는 이제 아버지의 뜻을 이어 고원의 뜰에서 꿈의 형태를 찾는다. 그런데 뜰은 꿈으로 이어지기만 하는 것이 아니라, '꿈도 식후경'으로 모습을 바꿔 주린 배를 채워주기도 한다.

두릅과 장모님

어머니는 꽃을 좋아했지만 다른 한편으로 '금강산도 식후경'이라고 생각했다. 그렇다고 어머니 당신이 미식가는 아니었다. 오히려 나를 비롯해 우리 식구들에게 맛있는 것을 먹이는 데 욕심이 있었다. 내 몸과 마음은 어머니가 손수 제철 식재료의 맛을 살려 만든 음식으로 이루어졌다. '식食'은 단순히 음식만을 가리키는 것이 아니다. 인간의 몸과 마음의 '근육'을 만드는 것이라고 어머니는 불변의 진리처럼 굳게 믿었다.

그래서였을까. 어머니는 음력 달력을 모조리 머릿속에 집어넣고 있었다. 달의 리듬은 어머니를 키운 고향에서 시간을 쪼개는 방식이었다. 어머니는 그것이 자연과 인간의 삶이 이루는 조화를 가르쳐준다고 믿었다. 만약 내게 사라져가는 것에 대한 강한 집착과 향수가 있다면 그건 끝까지 음력의 시간 속을 살았던 어머니의 영향이리라.

어머니는 김치를 만들기 위한 배추와 무, 부추뿐만 아니라 제철의 산나물, 들나물, 나무 열매나 뿌리채소, 잎새

버섯과 표고버섯 등 몸에 좋은 것이면 닥치는 대로 농가에서 사 오거나 몸소 산과 들로 나가 캤다.

어머니가 들과 밭에서 구한 것들을 지금 내가 고원의 우리 집 뜰에서 찾는다. 어머니처럼 스케일이 크지는 않지만 뜰에도 '금강산도 식후경'의 취지에 걸맞은 것들이 있다.

뒤뜰에는 '벌써 봄이 왔어요'라고 반갑게 얼굴을 내미는 제철 음식의 선두주자 두릅나물이 있다. 여러 갈래로 가지치지 않고 곧게 뻗은 줄기, 줄기에서 수직으로 난 가시로 나무껍질을 단단히 무장한 키 작은 낙엽수 두릅나무. 이 나무는 뒤뜰 한편, 사람들 눈에 띄지 않는 곳에 탄탄하게 뿌리를 내리고 이른 봄에 새 눈(나물로 먹는 부분-옮긴이)을 틔운다.

사실 내가 어렸을 때는 봄을 상징하는 식재료인 두릅을 먹어본 적이 없다. 어머니가 두릅나물에 전혀 관심이 없었기 때문이다. 우리 집에서는 채소를 생나물로 무치거나 혹은 데쳐서 무쳤다. 거의 이 둘 중 한 가지 방법으로 먹었다. 아직도 '무치스루('무치다'의 어근 '무치'에 '-하다'를 뜻하는 일본어 '스루'를 붙여 만든 말-옮긴이)'라는 말이 귓전에 남아 있을 정도니 아마도 우리 집에서 채소를 볶거나 튀기는 일은 거의 없었으리라.

그런데 두릅나물 요리라고 하면 역시 튀김이다. 일본

요리에 비해 한국 요리에는 튀김이 그리 많지 않다. 적어도 우리 어머니의 조리법에서는 그랬다. 제사 때 다시마 튀각을 만드는 정도를 제외하면 튀김 요리에 대한 기억은 거의 없으니까.

한국 요리 하면 보통은 고기 구워 먹는 것을 연상하기 마련이지만 사실 우리 집의 고기 소비량은 그리 많은 편이 아니었다. 생활고로 고기가 비싸게 여겨졌기 때문이기도 하고, 다른 무엇보다 어머니가 어패류를 좋아했기 때문이다. 프라이팬에 얇게 기름을 두르고 생선이나 조개를 볶기는 해도 기름을 듬뿍 사용한 튀김 요리 같은 것은 우리 집에서는 흔하지 않았다.

한국은 배추와 오이는 물론 도라지, 고사리, 고비 같은 산나물 소비량이 세계적으로 그 유례를 찾아볼 수 없을 정도로 많다. 사실 고기보다는 채소나 생선이 주가 되는 상차림이 많음에도 제철 채소를 튀겨 먹지는 않는다는 점이 반도와 열도의 식문화 차이가 아닐까 한다.

제철 음식인 두릅 튀김이 얼마나 맛있는지 알려준 사람은 아내다. 굳이 말하자면, 아내는 음식에 특별히 집착하는 편이 아니라 집에 있는 재료로 대충 배만 불리기 십상이다. 하지만 그런 아내도 가끔 갑자기 생각났다는 듯 "나 이상하게 튀김이 너무 먹고 싶어"라고 할 때가 있다. 튀김이

처가의 식탁을 기름지게 만들어주었기 때문이다.

농가의 딸로 태어난 장모님은 우리 어머니와는 대조적으로 가업의 일익을 담당한 적이 없었다. 젊은 시절, 즐거운 때도 힘든 때도 아내로서, 어머니로서의 역할만을 담담하게 해낸 분이었다. 일상생활에서 소소하게 궁리해 개량을 한다든가, 이미 집에 있는 것들을 이용해 뭐든지 해낸다든가 하는 임시변통의 달인이기도 했다. 우리 어머니와 달리 장모님은 정서적인 기복이 심하지 않았으며 언제나 조용하고 차분하게 환난을 받아들였다. 그런 장모님의 자식인 아내는 튀김만 보면 정신을 못 차린다. 그래서 이제고 저제고 봄을 알리는 두릅 튀김을 기다린다.

따끈따끈한 두릅 튀김을 천연 소금에 찍어서 한입 가득 베어 물면 그 차지고 쫀득한 맛에 적당한 쓴맛이 더해져 마치 봄 그 자체가 몸 안으로 흘러 들어오는 듯한 상쾌함이 느껴진다.

우리 어머니가 생전에 두릅 튀김을 드셔보았는지 어땠는지는 모르지만 혹시 한 번이라도 드신 적이 있다면 분명히 눈을 동그랗게 뜨고 맛있다며 좋아하셨을 것이다.

아직 앳된 티를 벗지 못한 10대 소녀가 집안끼리 정해 놓은 약혼자를 찾아 해협을 건너왔다. 그 후로 어머니는 당신 안에 깃든 '고향'을 잊지 않기 위해 필사적이었다. 인습적인 제의를 끝까지 지켰으며 무엇보다 먹거리에 집착했다.

어머니가 끝까지 지키려 했던 '고향의 먹거리'는 내 피가 되고 살이 되고 체질이 되고 취향이 되었다. 그럼에도 만년의 어머니가 담백한 '와쇼쿠和食(일본의 전통 문화로서의 일본 음식-옮긴이)'를 즐기신 것처럼 나 또한 그렇게 변해간다. 삼시 세끼 메밀국수가 먹고 싶을 정도로 메밀국수를 좋아하게 된 것이다. 봄이 오면 다른 무엇보다 두릅 튀김을 반찬으로 해 메밀국수를 먹어야겠다는 생각에 들뜬다.

먹거리와 그 취향도 '낙지생근落地生根(낯설고 새로운 곳에 뿌리를 내리고 살아감-옮긴이)'이라는 말대로 자리 잡아야 할 곳에 결국 자리 잡는 것 같다. 그런데 신기하게도 일본인인 우리 장모님은 한국식으로 고기 구워 먹는 것을 좋아하신다. 먹으면 힘이 난다면서. 어머니는 팔순을 넘기고 돌아가셨지만 장모님은 구순이 지난 지금도 가끔 고기를 드신다. 반도와 열도의 먹거리와 관련된 '인연' 이야기는 아무리 말해도 밑천이 떨어지지 않는다. 두릅나물을 입에 넣을 때마다 어머니께도 한번 드셔보시게 했으면 좋았을걸 싶다.

어머니는 무엇보다 먹거리에 욕심이 많았다. 어머니 당신이 먹을 것에 욕심이 많았던 게 아니라 사랑하는 식구들이 먹을 맛있는 것, 영양가 높은 것에 대한 욕심이었다. 정작 당신은 대식가보다는 소식가에 가까웠을 것이다.

그런 어머니가 먹거리에 욕심을 낸 것은 아마도 전쟁 중 장남을 영양실조로 잃은 일이 트라우마가 되어서가 아닐까. 적어도 다음에 태어난 아이들에게는 물릴 때까지 먹이고 싶으셨던 것이리라.

가끔 아내는 나를 보고 이렇게 말한다.

"당신, 진짜 대단하다. 아침밥 다 먹자마자 바로 밤에 먹고 싶은 음식이 생각나다니. 나는 아무 생각도 안 나거든. 역시 먹는 데 집착하는 사람은 삶의 의욕이 강한 걸까."

어머니 덕분에 어린 시절부터 먹는 것이 인간의 삶에서 중요한 관습임을 배운 것은 틀림없다. 하지만 그렇다고 해서 내가 먹거리에 관해 지식이 많다거나 미식가인 것은 아니다. 좋아하는 것은 카레, 비빔밥, 만두, 우동 같은 B급, C급이라 할 만한 음식들이고 먹거리를 도락으로서 즐길 생각은 조금도 없다. 잉어 냉회 같은 민물고기 요리는 좋아하지 않지만 그 외에는 특별히 싫어하는 것도 없으니 그다지 편식도 없는 편이다.

아내 또한 편식은 하지 않지만 나와 다른 점이 있다면, 내가 먹거리에 보수적인 데 비해 아내는 악식惡食이라 해도 좋을 정도로 도전 정신이 강하다는 것이다. 나는 사슴고기, 캥거루 고기는 물론 악어 고기로 만든 스테이크 같은 것은 한 입만 먹어보라 해도 절대 안 먹는 사람이지만 아내는 아무렇지도 않게 뭐든지 먹어보려 한다. 먹는 것에 욕심은 많지만 취향은 보수적인 나와 욕심은 없지만 취향은 진보적인 아내. 이런 우리 둘을 다른 사람들이 본다면 은근히 재미있는 조합이라 하지 않을까.

하지만 둘 다 회갑을 지나 고원으로 이사 온 뒤부터는 뭔가 먹고 싶다는 생각이 마치 둘이 호흡을 맞춘 것처럼 일치한다. 먹거리를 통해서 부부를 보면 각자 지나온 날들에서 짊어지고 온 식구들의 습관이 엿보이는 법이다. 부부는 함께 지내는 세월 동안 그 차이를 느끼면서도 어느새 같은 느낌을 공유하게 된다고들 한다.

장모님에 관하여

한때 기흉을 앓은 것 외에는 회갑을 지날 때까지 커다란 병치레 없이 항상 건강하게 살 수 있었던 것은 무엇보다 어머니 덕이다. 그리고 같은 나이의 아내가 병다운 병을 앓아본 적 없이 건강한 것은 다 장모님 덕택이다.

장모님은 우리 어머니보다 한 살 위다. 이미 구순을 넘겼지만 얼마나 정정하신지…. 아버지, 어머니, 작은아버지도 돌아가시고 내 주위에 다이쇼 시대에 태어난 사람은 장모님밖에 없다. 아내와는 대조적으로 작은 몸집에 전혀 풍채가 좋다고 할 수 없는 장모님은 청력이 떨어지고 발목이 약해져 생각만큼 잘 걷지는 못하신다. 그런데도 여전히 매일같이 신문을 읽고 텔레비전을 보고 문자 메시지를 주고받는 평범한 생활을 하신다.

내 책이 새로 나오면 읽어주실 정도니 고등 교육을 받을 기회가 없었다고 하나 우리 어머니를 훌쩍 뛰어넘는 문해력(리터러시)을 갖추신 것이다. 장모님은 차분하게, 어떤 일이 일어나도 묵묵히 견디는 분이었다. 우리 어머니 같은 장삿속은 조금도 없던 장모님은 식구들의 무사 안녕을 빌며 일상의 일을 담담하게 해내는 부류의 여성이다.

결코 넉넉하다고 할 수 없는 농가의 딸로 태어나 성실함 하나밖에 내세울 것이 없던 지방공무원인 장인어른을 만나 결혼했다. 두 사람은 사치와는 거리가 먼 소박하고 근검절약하는 생활을 지향하는 부부였다. 장모님은 매일의 일상생활 안에서 궁리하기를 게을리하지 않았다. 기존에 있던 물건을 몇 번이고 수선해서 끝까지 쓰는 어머니였다.

그런 장모님이 겨울이든 여름이든, 방에 갇혀 의료용 침대 위에서 시간을 보내신다. 농가 출신답게 땅을 가꾸는 것이 '주부의 일' 중 하나였던 장모님에게는 땅에서 떨어져 나간 생활이 분명 고통이리라. 그런데도 어떻게든 우울함을 떨치고 살아갈 수 있는 이유는 장모님이 문자를 알아서가 아닐까.

우리 어머니는 문자를 읽을 수 없었기 때문에 말년에는 그저 당신의 기억으로 이루어진 과거의 세상 속으로 돌아가버린 듯했다. 그런 어머니와 달리 장모님은 지금도 여전히 매체를 통해 새로운 세상을 접한다. 장모님의 장수에는 분명 이러한 영향도 있으리라. 장모님은 비록 귀와 발목은 불편하지만 무료함을 달래는 능력을 갖추신 것이다.

장모님은 텔레비전, 라디오, 책 등을 통해 내 근황을

아신다. 내 인상이 최근에는 어떠했는지 아내에게 문자 메시지로 보내실 정도다. '오늘은 얼굴색이 평소보다 좋아 보인다', '코멘트 내용이 알기 쉽더라', '새로 나온 책의 이러이러한 구절이 인상적이었다' 같은 다양한 내용이다. 그러다가 가끔 문자가 뚝 끊기기도 하는데 그러면 아내도 걱정이 되니 구마가야에 도중하차해 어머니를 뵙고 안도의 한숨을 내쉬기도 한다.

장모님은 처남 부부가 모시는데 근처에 사는 처제가 거의 매일 찾아뵙고 안부를 살피며 이야기 상대가 되어드린다.

독거노인에 비하면 장모님은 복 받은 환경임이 틀림없다. 그래도 장모님을 가끔 만나 뵐 때면 어쩐지 쓸쓸한 느낌이 든다. 반려자를 먼저 떠나 보내고 친구와 동세대의 지인들도 다 세상을 떠서 지금은 홀로 남았으니 당연한 일이리라. 장모님은 시설에서 이루어지는 틀에 박힌 돌봄은 마치 당신이 살아 있는 '폐기물'처럼 취급당하는 기분이 들어 내심 꺼리시는 듯했다. 그래서 시설을 택하지 않았지만, 그러면서도 귀와 발목이 불편해 당신 마음대로 안 된다는 초조함이 약간의 고독감 뒤에 달라붙어 더욱 쓸쓸하게 느끼시는지도 모르겠다.

장모님은 음식 섭취량이 줄었다고는 하나 그래도 식

욕이 왕성한 편이다. 또 당신 혼자서는 거동도 못 할 정도로 몸이 약해진 것도 아니다. 그런 장모님이 곧 100세가 되신다. 사람마다 주어진 수명이 어찌해 이렇게 다른지, 이렇게 저렇게 생각해본 적이 있다. 장모님은 누구보다도 '사람은 걸어 다니는 식도'라는 철학에 충실했기 때문에 장수할 수 있었다고 나는 믿는다. 이런 의미에서는 장모님이야말로 우리 어머니의 이상을 멋지게 수행한 사람일지도 모른다.

아버지의 치아에 관하여

뜰이 준 선물 중 화려하지는 않아도 그 존재감이 분명한 것으로 머위와 머위의 어린 꽃줄기가 있다. 이른 봄, 잔설을 뒤집어쓴 마른 잎 안에서 빼꼼이 얼굴을 내미는 비늘잎에 싸인 꽃줄기. 바로 머위의 어린 꽃줄기다. 담록색의 어린 꽃줄기는 '드디어 나왔습니다용' 하며 귀엽게 익살을 부린다. 머위의 어린 꽃줄기에는 몸속에 쌓인 노폐물을 배출시키는 효능이 있다. 거기에 비타민과 무기질도 풍부하다. 쓴맛은 좀 나지만 두릅과 마찬가지로 튀겨도 맛있다.

다행인지 불행인지, 나는 어릴 적 밥상에서 이 머위의 어린 꽃줄기를 본 적이 없다. 아이들은 쓴맛을 좋아하지 않을 거라고 어머니가 지레짐작한 탓일까.

그런데 머위의 어린 꽃줄기와 잎자루는 쳐다보지도 않던 어머니가 이상하게도 머윗잎은 아주 좋아하셨다. 살짝 데친 머윗잎에 밥을 얹고 깔끔한 된장을 올려 쌈을 싸 먹으면 아무리 아파서 식욕이 없어도 밥이 목구멍으로 술술 넘어가니 참으로 신기한 일이었다.

감기로 자리에 누워 식욕이 없을 때 어머니가 주시는 커다란 머윗잎쌈밥은 보기에는 먹기 싫다 싶다가도 입에 넣어보면 정말로 맛있었던 기억이 난다.

그런데 이 머윗잎은 그 아린 맛 때문에 너무 많이 먹으면 간에 좋지 않다고 한다. 그래서 어머니는 머윗잎의 아린 맛을 빼기 위해 애를 많이 쓰셨다. 어머니의 그런 고생은 전혀 개의치 않는 개구쟁이에게 머윗잎은 옛날을 뭉쳐서 싸놓은 듯한 먹기 싫은 식재료 중 하나였다. 하지만 나중에는 어머니의 사랑이 담긴 잊을 수 없는 맛이 되어 언제까지고 남게 되었다.

어쨌거나 우리 집에서는 머위의 어린 꽃줄기나 머윗대조림은 먹지 않고 그저 머윗잎만 소중하게 여겼던 것이다. 그러니 아내를 만나 머윗대조림의 맛을 알게 된 것은 내게 큰 수확이었다.

솔직히 주먹밥 안에 든 거무스름한 식물 줄기 같은 것을 처음 보았을 때는 밥맛이 뚝 떨어졌다. 아무리 쳐다봐도 절대 맛있을 것 같지 않았다. 그래도 어쩔 수 없이 그 검은 줄기를 주저주저 손으로 집어 입에 넣어보았다. 그랬더니 웬걸 의외로 먹을 만했다. 소박한 간장 맛이 주먹밥과 멋지게 조화를 이루었다. 머윗대조림과 주먹밥이 궁합이 잘 맞아서 나는 그만 감동하고 말았다.

그 뒤로 나는 주먹밥이란 말을 들으면 바로 머윗대조림이 떠오를 정도로 머윗대조림의 열성팬이 되었다. 명색이 열성팬이라면서 나는 머윗대조림은 분명 머위 줄기 요리일 것이라 지레짐작을 했다. 뜻밖에도 머위 줄기는 땅속에 있었다. 그 땅속 줄기에서 잎이 땅 위로 나오는데, 머윗대는 땅속의 줄기와 땅 위의 잎을 이어주는 잎자루로, 그것을 간장과 설탕으로 조린 음식이 머윗대조림이었다. 간장이 좌우하는 머윗대조림의 맛은 소박하지만 깊이가 있다.

머윗대조림이 아무리 영양가가 많고 깊은 맛이 난다 해도 그 특유의 씹는 맛이 없었다면 분명 나는 좋아하지 않았을 것이다.

음식에 대한 어머니의 강한 고집 덕분에 나는 어린 시절부터 고희를 바라보는 지금까지 치과에는 거의 가지 않았다. 어머니는 돌아가시기 전까지 충치나 치주질환 등으로 고생하신 적이 한 번도 없었으며 아버지 또한 틀니와는 인연 없이 삶을 마감하셨다.

그런 아버지가 음식을 씹을 때 내는 소리가 어찌나 경쾌하던지 어린 내 마음에도 강한 인상으로 남았다. 리듬감 있는 턱의 움직임과 씹는 소리는 무언가를 먹는다는 것이 어떤 것인지 내게 말없이 알려주었다. 그리고 문득 나 또한 아버지와 똑같다는 것을, 아버지를 반복하고 있다는 것을 깨닫는다. 먹는 것도 유전하는 걸까.

각진 턱 모양, 씹을 때 턱을 사용하는 방법, 그리고 씹는 소리까지…. 아버지와 똑같은 내가 있다니 신기했다. '식食의 유전' 덕분에 내 치아는 여전히 쇠약을 모른다. 뭐든 잘 씹을 뿐 아니라 단단한 것도 겁내지 않는다. 이는 아버지와 어머니가 내게 남긴 유산이다. 씹는 맛이 좋은 머윗대조림을 씹을 때마다 나는 내 안에 아버지가 살아 있음을 느낀다.

아버지와 어머니의 강인한 치아는 이국의 땅에서 살아간 서민의, 어떤 일에도 꺾이지 않던 강인한 의지를 보여주는 듯하다. 나 또한 그것을 물려받았다.

소세키와 준베리

청순가련한 하얀 꽃은 마치 사람에게 미소를 짓는 듯하고 그 열매는 몸에 이로우니…. 이는 우리 집 뒤뜰에 있는 준베리에 관한 이야기다. 뒤뜰은 앞뜰에 비해서 '가부키씨'가 그렇게까지 열심히 손질해주지는 않기 때문에 살짝 잡목림 같은 분위기가 난다.

그런 뒤뜰 텃밭 근처에 준베리나무가 홀로, 가만히 가지를 뻗어 이른 봄이면 하얀 꽃을 피우고 우리 눈을 즐겁게 한다. 갸름한 다섯 장의 꽃잎은 벚꽃처럼 화려한 느낌은 없어도 사람을 보고 온화하게 미소 짓는 듯해 보노라면 애틋한 마음이 된다.

6월이 되면 붉은 열매가 익어 어두운 보라빛으로 변하는데 이는 정말 자연이 주는 멋진 선물이다. 폴리페놀이 많이 함유된 이 열매는 백내장에도 좋고 치아와 뼈에도 좋다. 식물성섬유나 비타민, 무기질도 풍부하다.

그러고 보니 아내는 백내장을 염려해 준베리 성분이 든 영양제를 내게 권했다. 복용한 지는 그럭저럭 2년이 넘어가는데 백내장 수술 후 경과도 순조롭고 확실히 눈앞이 뿌옇게 흐려지는 일은 줄어든 것 같다. 그러니까 준베리는 내 눈의 은인인 셈이다.

언제나 온화한 미소를 머금은 청순가련한 하얀 꽃을 피우며 청초한 열매를 맺고, 제 몸을 희생해 사람을 이롭게 하는 준베리. 만약 준베리 같은 여성이 존재한다면 분명 나 또한 마음이 끌릴 것이다.

준베리와 청순가련한 여성. 지금으로부터 130년 전, 제국대학을 다니던 젊은 날의 나쓰메 소세키는 눈병에 걸려 매일처럼 안과 병원을 다녔는데, 이전부터 마음에 두고 있던 얼굴이 갸름하고 아름다운 아가씨를 그곳에서 갑자기 맞닥뜨려 몹시 놀란다(아라 마사히토, 『소세키 연구 연표』).

실은 나도 간다 지역의 스루가다이에 있는, 소세키가 다니던 안과(이노우에 안과 병원)에서 백내장 수술을 받았다. 물론 이는 그저 우연에 지나지 않는다. 하지만 나는 소세키가 교편을 잡았던 구 제국 제5고등학교(현 구마모토대학)에서 놀았고 산시로 연못이 내려다보이는 연구실에서 15년을 보냈으며 같은 안과까지 다녔다. 여기에 준베리까지 더하면 우연이지만 무슨 인연이라도 있는 게 아닐까 싶어진다.

철이 들 무렵부터 소세키는 내게 가까운 존재였다. 소

세키의 사연이 서린 장소가 내가 자라난 환경의 일부였기 때문이다. 4년 남짓 되는 소세키의 구마모토 시절은 마쓰야마 시절에 비해서는 잘 알려지지 않았다. 구마모토의 오아마 온천을 무대로 했다는 『풀베개』의 인상이 희미해질 정도로 소설 『도련님』의 인상이 강렬하기 때문일까. 『풀베개』는 『도련님』처럼 읽기 쉬운 소설은 아니다. 한시와 영시, 요곡謡曲(일본의 전통적인 가면 음악극 노가쿠能楽의 가사에 곡을 붙인 노래-옮긴이)과 노能(노가쿠를 뜻함-옮긴이) 같은 다채로운 장르에 걸친 문호 소세키의 현학적 취미가 가득 담겨 있어서 읽으려면 고생을 좀 해야 한다. 이런 점 때문에 소세키에 관해서만은 구마모토가 마쓰야마에 뒤처지게 된 것 같다.

그럼에도 내게 소세키는 소세키다.

도쿄올림픽 다음해인 1965년, 온 일본열도가 열광한 세기의 잔치가 끝난 뒤 나는 도쿄를 보고 싶은 마음에 무모하게도 같은 학년 친구 두 명과 가출을 했다. 한여름의 모험이랄까. 나는 어디가 끝인지 모를 정도로 드넓은 도쿄에 경악했다. 열에 달떠, 그리고 파괴와 건설을 반복하는 도쿄의 모습에 깜짝 놀라 '도쿄 멀미'로 머리가 어질어질했던 소년 시절.

영화 <스탠드 바이 미>와도 같은 여름을 보내고 구마

모토로 '무사 귀환'했을 때, 구마모토의 건물이며 어른들은 얼마나 작아 보이던지….

그런 나를 더욱 놀라게 한 것은 바로 소세키의 『산시로』에 나오는 제국의 수도 도쿄에 관한 묘사였다. 내가 경험한 것과 너무나 닮았기 때문이다. 그 후 나는 소세키의 포로가 되었다. 중학교 3학년이 이해할 수 있는 수준이라고 해봤자 고만고만한 정도였지만 그럼에도 분명 문호 소세키가 더욱 가까운 존재로 느껴졌다.

그런데 작품을 몇 편 읽어나가다 보니 소세키에 대한 인상이 '명明'에서 '암暗'으로 변했다. 이는 중학교에서 고등학교에 걸친 나 자신의 변화 때문이기도 했다.

우울했다. 좋아하는 야구를 더 이상 못했다. 공부도 마음대로 잘 안 됐으며 어린 시절의 친구들과도 소원해졌다. 이성과는 아주 담백한 교류조차 없었으며 부모님의 세계로부터는 멀어진 듯했다. '길 잃은 어린 양 stray sheep(구약성서에 나오는 어린 양의 비유. 소세키의 『산시로』에 '스트레이 십'이라는 표현이 등장한다-옮긴이)'은 바로 나였다.

소세키가 만든 세계의 주인공들이 자의식 과잉에 고민을 너무 많이 하는, 이러지도 저러지도 못해 어중간한 청년이나 어른들임을 알면 알수록 마치 그들이 내 미래의 모습처럼 여겨졌다. 나는 그 세계를 유일한 '피난처'로 삼았고, 그 안으로 점점 더 빠져들어갔다. 내 출신을 포함해 고민 많던 사춘기의 우울함 때문에도 나는 소세키의 세계에서 위안을 찾았다.

그 뒤로도 살면서 힘든 일이 찾아오면 다시 소세키를 읽었다. 그러다 문득 정신을 차리니 이제는 내가 소세키보다 더 나이가 들어 있었다. 문호의 노숙한 얼굴과 비교해봐도 여전히 치기 어린 표정이 남아 있는 내가 어쩐지 나이만 더 먹어버린 것이다.

하지만 나쓰메 소세키 또한 '사람의 아이', '시대의 아이'임에는 변함이 없다. 소세키와 메이지 시대, 소세키와 근대 일본, 소세키와 아시아, 소세키와 조선 등의 주제를 생각하다 보니 소세키는 인간의 삶과 역사의 수수께끼를 해명하기 위한 길을 가던 도중에 세상을 뜨고 만 것 같았다.

인간은 하나의 수수께끼이며 그 삶의 집적인 역사 또한 하나의 수수께끼다. 이 수수께끼에 정해진 해답은 없다. 그렇다고 '사람이란 결국 그런 것이다', '역사란 결국 그런 것이다'라며 의기양양한 표정으로 모든 것을 상대화하지 말 것. 그리고 그 수수께끼를 해명하려는 노력을 아끼지 말 것. 거기에 인간의 존엄이 깃들어 있다.

나는 그렇게 여겼다.

일본과 한반도가 안은 역사적 갈등과 질곡 또한 마찬

가지라고 생각한다. 단칼에 딱 잘라 해결할 수는 없다. 이 어려운 문제를 감히 누구도 생각해내지 못한 대담한 방법으로 간단히 해결할 수 있는 사람은 없다. 단 한 사람의 인생조차도 그렇게 되지 않는 것처럼.

그저 포기하지 않고 인생과 역사의 풀리지 않는 수수께끼를 밝히기 위해 노력해나가는 수밖에 없다. 이야말로 삶의 의미인지도 모르겠다. 소세키의 가르침은 어쩌면 정말로 간단한 것인지도 모른다. 준베리가 백내장 때문에 구름이 낀 듯 뿌옇게 흐려진 내 시야를 밝혀준 것처럼, 소세키의 세계는 내 마음의 눈에 낀 안개를 걷어준 또 하나의 준베리였다.

땅일구기

고원으로 이사온 우리 둘에게는 자연의 연장선상이라 해도 과하지 않을 우리 집 뜰에서 텃밭을 일구며 즐겁게 살고 싶다는 바람이 있었다. 들풀과 미생물이 공생하는 땅에는 자연의 유구한 역사가 퇴적되어 있다.

땅을 일구어 텃밭을 만들고 꽃과 채소를 키우면서 자연의 혜택을 마음껏 누리다 보면 지친 몸과 마음이 치유되어 흙장난 치던 어린 시절로 돌아갈 수 있으리라. 그러한 작은 바람을 위해 아내와 나는 뜰 한편에 폭 3미터, 길이 10미터 정도의 텃밭을 만들기로 했다.

이웃집 울타리와 우리 집 테라스의 가림벽 사이에서 햇빛을 듬뿍 받는 텃밭. 장소는 우리 집 척척박사 아내가 정했다.

“여기 좋네. 여기에 만들자. 밤나무가 조금 걱정이지만 햇빛도 잘 들고 여기라면 틀림없이 풍작이야.”

아무것도 모르고 시작한 채소 재배였지만 아내는 나보다 훨씬 더 의욕에 넘쳤다.

장소는 정해졌으니 이제 땅을 갈아야 한다. 땅을 몇 번이고 파내서 흙을 일구어야 한다. 파낸 흙을 이리저리 섞어 가능한 한 공기와 많이 접촉하게 하는 것이 중요하다. 물론 이 또한 아내가 가르쳐준 것이다.

나는 조그만 삽이나 괭이만 준비하면 어떻게든 될 줄 알고 편하게 있었는데 그건 착각이었다. 은근히 많은 것이 필요했다. 괭이와 모종삽 같은 익숙한 도구 외에 쇠스랑처럼 한 번도 써본 적 없는 물건도 필요했다. 쇠스랑은 갈퀴의 대나무 발톱을 튼튼한 쇠로 대체한 것인데 잡초나 낙엽, 돌멩이 등을 긁어모으기 좋고 흙덩이를 부수어 균일하게 하기에도 좋다.

그러고 보니 영화 <쇼생크 탈출>에서 죄수들이 바짝 마른 땅에서 먼지를 일으키며 괭이나 갈퀴같이 생긴 도구로 돌멩이를 긁어모으는 장면이 있었는데 그 도구가 바로 쇠스랑이었다.

먼저 떠난 아들도 <쇼생크 탈출>을 좋아했다. 마치 바닷물이 암벽을 침식하듯 교도소 벽을 조금씩 파내 터널을 만들고 탈출에 성공한 주인공들은 오픈카를 타고 멕시코의 검푸른 바다와 하늘을 향해 시원하게 질주한다. 아들은 그런 모습을 정신적인 병이라는 감옥에서 벗어나고픈 제 꿈이 이루어진 듯 느꼈을지도 모른다.

원예에 필요한 것은 도구만이 아니다. 토양의 질을 결정하는 석회나 초목회, 퇴비 같은 것도 준비해야 했다.

그래서 일단 자동차를 타고 홈센터로 향했다.

어찌어찌해 도구는 갖췄는데 토양 개량에 필요한 석회를 찾는 일이 생각보다 어려웠다. 석회라고 하면 내 머릿속에 떠오르는 것은 소석회였다. 예전에 운동장에 하얀 금을 긋는 데 사용하던 바로 그 소석회 말이다. 소석회는 생석회에 물을 첨가한 것으로 알칼리성인 수산화칼슘이다. 하지만 텃밭에 적합한 토양은 무거워도 가벼워도 안 되며 적당한 산성을 유지하면서 물이 잘 빠져야 한다. 그러면서도 보수保水성과 보비保肥성을 갖추고 미생물도 많이 섞여 있어야 한단다.

아사마산 남쪽 기슭의 온화한 경사면에 위치한 고원은 지표면이 화산자갈과 화산재로 뒤덮여 있다. 그래서 우리 집 텃밭에도 그런 작은 돌멩이들이 굴러다니고 있었다. 텃밭을 만드는 작업은 먼저 돌멩이를 골라내면서 땅을 일군 후, 괭이로 흙 알갱이를 작게 고르는 순서로 이루어진다.

맑은 하늘, 건조한 공기, 내리쬐는 강렬한 햇살. 그래도 때때로 조금 차가운 바람이 지나간다. 강한 햇살이 싫은 아내는 완전무장을 했다. 손 토시 발 토시를 전부 끼고 머리에는 수건을 동여매고 그 위에 챙 넓은 밀짚모자를 썼다. 그 아래로는 통신판매(상품 카탈로그를 우편으로 받아서 물건을 고르고, 주문 카드를 작성해 다시 우편으로 보내 구매하는 방식-옮긴이)로 산, 지금 유행하는 옅은 갈색의 소매 달린 앞치마를 입고 고무장화를 신은 아내.

나는 아래위로 회색 체육복에 고무장화를 신고 야구모자를 쓴 게 다였으니 얼마나 단순한가. 아내의 굉장한 차림을 보자 문득 어머니가 생각났다. 봄이면 일곱 가지 산나물을 캐러 가고, 고구마를 수확하거나 바지락을 잡는 데 여념이 없던 어머니의 차림이 지금 아내의 모습과 완전히 똑같았기 때문에 나는 순간 깜짝 놀랐고, 마음에서는 그리움이 솟아났다.

땅을 일구는 작업은 중노동으로 원래 허리가 약한 나는 꽤 힘에 겨웠다. 삽으로 흙을 퍼 올리는 일 따위는 최근 수십 년 동안 한 번도 한 적이 없던 터라 더욱 그랬다. 고무장화를 신은 왼발로 삽날을 밟아 눌러 서걱서걱 땅을 자르는 작업을 반복했다. 이마는 땀으로 흥건해지고 허리는 뻐근하게 아파왔다. 은근히 힘든 일이었다.

“여보, 조금 쉴래? 쉬는 동안 내가 괭이로 흙을 잘게 부숴놓을게.”

고마운 아내의 말에 도토리나무 그루터기로 가서 ‘영

차' 하고 걸터앉는다. 모자를 벗자 땀으로 흠뻑 젖은 머리가 시원해진다. 솔솔바람이 뺨을 스친다.

나와 마찬가지로 허리가 약한 아내는 괭이 날을 높이 들어 올리지 않았다. 그보다는 날의 무게를 이용한 진자 운동으로 솜씨 좋게 흙덩어리를 깨뜨려나갔다.

얼마나 시간이 흘렀을까. 일단 한 번씩 괭이질을 다 했을 무렵, 힘든 작업을 계속한 탓인지 아내 역시 일손을 멈추고 몸을 뒤로 젖히며 한 손으로 통통통 허리를 두드린다. 땀으로 젖은 이마, 아내의 얼굴은 무언가를 해냈다는 성취감으로 가득했다.

이쯤에서 교대해 이번에는 내가 몸을 굽혔다. 목장갑을 낀 두 손으로 흙덩어리를 들어 올려 엄지손가락에 힘을 주고 잘게 부수어나간다.

아내는 '영차' 하고 그루터기에 걸터앉아 밀짚모자와 수건을 벗고 시원한 얼굴이 되어 내가 일하는 모습을 지켜본다. 삽과 괭이를 사용하는 일보다는 훨씬 편한 작업이라 점점 속도가 붙어 어느새 의기양양한 얼굴로 아내에게 성과를 자랑할 만한 정도가 되었다.

위를 올려다보니 햇빛은 약해지고 하늘에는 열은 구름이 넓게 퍼져 있었다. 땅 위로 퍼 올려져 부서진 흙의 냄새가 먼 기억을 자극해 진흙투성이로 뛰어놀던 어린 시절의 추억이 다시 살아나는 듯했다. 흙의 기억을 음미하는 동안, 시간은 천천히 흐르고 텃밭이 통째로 별세계로 흘러 들어가는 듯 느껴졌다. 정신을 차리고 다시 현재의 나로 돌아와 열심히 흙덩어리를 부수는 아내에게로 눈을 돌렸다. 그쪽도 작업이 거의 끝나가고 있었다.

이제 정오를 넘겼을까, 조금 전까지 하늘을 덮고 있던 엷은 구름이 어느새 사라지고 햇살은 막힘없이 전부 아래로 떨어진다. 기분 좋은 바람이 솔솔 불어와 따뜻하고 건조한 공기에 섞여든다.

나른할 정도로 조용한 오후의 텃밭에는 지극히 행복한 시간이 흐르고, 문득 서로 눈을 마주한 아내와 나는 웃음 짓는다.

땅으로부터 잘려나가 땅일구기와는 전혀 인연이 없다고 생각했던 사람이 70세를 앞두고 이런 체험을 하게 될 줄은 꿈에도 생각지 못했다.

한국에서 해협을 넘어 일본으로 건너온 사람들 중 많은 이들이 자작농, 소작농을 포함해 농업에 종사하는 이들이었다. 그런데 나의 아버지와 어머니가 그랬던 것처럼, 그들 대부분은 일본에서 농지 소유가 허락되지 않았다. ‘자이니치 코리안’이라 불리는 사람들의 직업 중 가장 비율이 낮은 것이 바로 1차 산업이다.

농민이면서 농지를 가질 수 없는 비애. 그들은 결국 영세한 상업이나 하청, 유통이나 금융, 서비스업에서 활로를 찾을 수밖에 없었다. 그런데 이런 일들은 내게 뭐라 설명하기 어려운 어두운 이미지로 다가왔다.

'천민자본주의', '유대인 자본', '자이니치 코리안'으로 이어지는 제멋대로의 연상작용이 나를 붙잡고 놔주지 않았다. 이 단어들이 자아내는 '기생寄生'의 이미지는 불건전한 뉘앙스와 합쳐져 자이니치 코리안은 '제대로 된 일을 하지 않는 소수자'라는 고정관념을 내 마음에 심어놓았다.

토지와 토지 소유의 형태, 그 변천과 토지 위에 우뚝 솟은 공동체의 해체 과정에서 자본주의의 기원을 찾으려 하는 발상 자체가 내게는 어색하게 느껴졌다. 아마도 나의 출신과 관련해 '기생'의 이미지를 불식시킬 수 없었기 때문이리라.

유대인이 마을 인구의 약 4분의 1을 점한다는 폴란드의 옛 수도 크라쿠프 교외의 시나고그(유대교 예배당)를 방문한 적이 있다. 그때 사람 좋아보이는 랍비(유대교 성직자)가 내게 이렇게 말했다. "우리 유대인은 기꺼이 땅에서 떨어져 나간 것이 아니다. 그렇게 강제되었다. 그러니까 농업에 종사하지 못한 것이다." 나는 이 말을 아직도 잊지 못한다. 유대인의 유구한 역사에는 비할 바 못 되지만 '자이니치 코리안' 또한 마찬가지 상황에 처할 수밖에 없었다. 땅의 역사를 생각하면 땅을 일구고 싶어 하는 내 마음 또한 결코 우연은 아니구나 싶어진다.

모종 심기

점심은 주먹밥에 단무지와 미소된장국, 매우 간단한 상차림이다. 주먹밥 속에는 머윗대조림이 들어 있다. 땀을 많이 흘려서인지 간장의 짠맛이 평소보다 더 맛깔나게 느껴졌다.

"주먹밥 맛있네. 역시 몸을 움직이고 땀을 흘려서 그런가?"

"아마 그럴 걸. 그런데 여보, 당신 벌써 주먹밥을 몇 개나 먹었는지 알아? 웬일이야."

정신을 차리고 보니 주먹밥을 세 개나 허겁지겁 먹어치운 뒤였다. 적당한 소금간에, 손에 쥔 감촉이 좋은 주먹밥. 여기에 깔끔한 맛의 단무지, 그리고… 그렇다. 만약 여기에 죽순 껍질까지 있었으면 정말 딱 좋은데…. 문득 마음속으로 중얼거렸다.

언제였더라… 중노동으로 땀투성이가 된 어른들이 모여 죽순 껍질로 싼 주먹밥과 단무지를 먹는 광경이 생각난다. 죽순 껍질에는 뭐랄까, 생생한 날것의 냄새가 있다. 거기에 간간하게 소금간이 된 밥알 한 톨 한 톨이 반짝이는 주먹밥. 주먹밥에는 항상 보리된장이나 매실장아찌가 들어 있었다.

어린 시절, 나는 어떻게 된 셈인지 어른들의 귀여움을 받았다. 형과는 다섯 살 터울이 졌다. 그래서 형과 함께 놀았던 기억은 별로 없다. 형에게 나이 차이가 많이 나는 동생은 놀이 상대로는 성에 차지 않았으리라. 그런 이유에서였는지 나는 항상 어른들 사이에 끼여 있었다.

내게는 제2의 아버지나 다름없었던 '아저씨'를 포함해 내 주변 어른들에게는 대부분 인생의 패배자 같은, 말하자면 복잡한 사연이 있었다. 그들은 자신이 건실한 생활과는 인연이 먼 존재이며, 사회 밑바닥을 기어다니는 낙오자 같은 신세임을 인정하고 또 받아들였다. 우리 집은 그런 사람들이 모여드는 곳이었다.

그 안에는 가네코 씨도 있었다. 겨우 열세 살의 나이로 식민지 땅에서 멀리 해협을 건너 규슈로 온 가네코 씨는 하카타를 중심으로 시궁창과 폐기물 속을 기어다니는 듯한 사춘기를 보낸 탓에 한센병에 걸렸다. 그 뒤로 가네코 씨는 구마모토의 기쿠치케이후엔(구마모토현 고시시에 있는 국립한센병요양소-옮긴이)에 수용되어 있었다.

주먹밥을 입에 잔뜩 넣은 채 시간이 가는 줄도 모르

고 정신없이 이야기를 나누던 가네코 씨와 '아저씨'. 그들이 먹던 주먹밥은 싱싱한 죽순 껍질에 싸여 있었다. 이른 봄 따뜻한 기운 속에서 풍겨오던 그들의 땀냄새, 죽순 껍질 냄새 그리고 보리된장 냄새, 이것들이 내 코 점막을 자극해 식욕을 돋우었다.

어른들은 몇 번이고 내게 '먹어볼래?' 하며 주먹밥을 건넸지만, 나는 고개를 옆으로 흔들며 도망가듯 집 안으로 숨어버렸다. 요양소의 가네코 씨와 한센병과 주먹밥. 이 연상작용은 나를 공포의 구렁텅이로 몰아넣었다. 주먹밥을 먹으면 분명히 병이 옮아서 언젠가는 얼굴이 비뚤어지고 녹아내릴 것이라고, 중학생이 된 지 얼마 안 된 나는 그런 몽상 때문에 가네코 씨를 몹시 꺼렸다.

그럼에도 땀과 주먹밥과 보리된장, 그리고 죽순 껍질의 냄새에는 아이들이 다가갈 수 없는 노동의 고결함이 감돌았다.

이국 땅에서 자신이 인생의 패배자임을 인과응보로 받아들이고 묵묵히 참고 견뎌온 그들에게 고향은 잊히지 않는 곳이었다. 분명 분단된 조국을 두고서 그들 나름의 방식으로 고민을 했을 것이다. '아저씨'는 회갑을 넘기지 못하고 타계했지만 지병이 있던 가네코 씨는 미수米壽(88세)까지 살다 가셨다. 그동안 아버지와 어머니도 돌아가셨는데 가네코 씨만 장수를 한 셈이다.

가네코 씨가 돌아가시기 몇 년 전, 나는 과거의 행동을 사과하기 위해 찾아갔다. 수십 년 만에 재회한 내게 가네코 씨는 따뜻한 말을 건네주셨다. 살고 또 살아서, 끝까지 살아남는 것이 우리의 긍지라고. 의연하게 이야기하던 그도 얼마 지나지 않아 이국의 땅에 뼈를 묻었다.

땀과 주먹밥, 죽순 껍질의 냄새는 그들의 체취와 함께 내 뇌리에 분명하게 새겨졌다.

잠시 추억에 잠겨 있는 동안 석회와 퇴비를 뿌리고 밭두둑을 만드는 작업이 나를 기다리고 있었다. 아이고, 아이고. 또 일이야? 골병 들겠다. 하기 싫은 내 마음을 알아챘는지 아내는 "많이 힘들지? 퇴비 뿌리고 밭두둑 만드는 건 천천히 슬슬 하면 되니까…"라고 한다. 그럼에도 다시 일하러 가는 발걸음이 제법 무겁다. 변함없이 오후의 햇살은 강하다. 나는 석회와 퇴비를 가래로 뒤섞었다. 아내의 솜씨 좋은 가래질을 본받아 해보았더니 의외로 작업이 착착 잘 진행되었다. 허리를 굽히고 삽으로 밭두둑 높이를 균일하게 하는 일은 단순한 듯 보여도 생각보다 끈기가 필요했다. 그 작업은 아내가 나서서 해주었다.

모든 것이 정리되었을 때, 이미 해는 저물고 있었다.

"끝났다! 다 됐어!"

아내는 환성을 지르며 허리를 쭉 펴면서 일어나려고 했다. 하지만 허리에 힘이 빠졌는지 그만 비틀비틀하다가 그루터기께로 가서 무너져 내리듯 주저앉았다.

며칠 뒤 일요일, 연휴의 소란스럽던 분위기도 한층 가라앉고 1년 중 고원이 가장 청명한 계절이 찾아왔다. 평지보다 한 달 늦게 본격적인 봄이 온 것이다.

따스한 봄날 햇빛이 원망스러웠는지 4월은 겨울을 그리워하며 꼼짝않고 주저앉아 움직일 줄 모르던 차가운 공기로 가득했다. 이제 그 4월도 가고 따끈따끈한 공기로 둘러싸인 고원은 꽃도, 나무도, 새도, 벌레도 서로 겨루듯이 삶의 기쁨을 노래한다.

드디어 모종을 심을 때가 왔다. 아내와 내가 고른 것은 대표적인 여름 채소인 가지와 오이, 방울토마토다. 가장 흔하고 가장 많이 먹는 채소 세 가지. 이 채소들은 먹거리에 지극히 보수적인 내 취향에 딱 들어맞는다. 아내는 내 취향을 고려해 홈센터에서 튼튼해 보이는 모종들을 골라 오늘을 위해 준비해주었다.

이렇게 모종 심기가 시작되었다.

먼저 가지 모종부터 심었다. 이미 네댓 장 정도 본잎이 나와 있어서 심기에 딱 좋았다. 아내의 지시대로 50센티미터 정도 간격을 두고 모종을 심어나갔다. 다 심은 뒤 아내와 나는 기도하는 마음으로 톡톡 가볍게 흙을 다졌다.

그러나 그걸로 끝이 아니었다. 아내의 말에 따르면 가지는 줄기가 약하기 때문에 바람에 꺾이기 쉽다. 그래서 줄기를 지지할 지지대가 필요하다. 이미 그 지지대 준비도 끝낸 아내였다.

일이 착착 진행되어 지지대도 멋지게 세웠다. 그리고 오이와 방울토마토 순으로 모종 심기를 순조롭게 마쳤다.

“드디어 끝났네. 채소 키우기가 이렇게 번거로울 줄이야. 솔직히 좀 놀랐어.”

“당신, 겨우 이 정도에 놀라면 안 되지. 지금부터 계속해서 지지대를 세우고 비닐을 덮어주고 뒷거름을 주고 물을 줘야 해. 그리고 토마토는 곁순도 따줘야 하고. 열매솎기라고 하는데 한 가지에 열매가 너무 많이 열리지 않도록 따서 관리해줘야 한다고.”

“할 게 아직 그렇게 많이 남았어?”

“뭐, 당신은 바쁘니까. 전부 같이 할 수는 없겠지만 조금은 도와줘.”

“그럴게.”

“아무튼, 수확이 기대가 되네.”

“응, 그러게.”

텃밭으로 곱게 쏟아지던 일요일 오후의 햇살은 너무나도 보드라웠다.

시든 토마토

오이, 가지, 방울토마토 중에서 내가 내심 가장 기대하던 것은 방울토마토였다. 언제부터였을까, 토마토를 나의 아침식사에서 빼놓을 수 없게 된 것은. 특히 아침에는 꼭 토마토주스를 마셨다.

나가노현산 토마토에 레몬즙을 짜 넣어 새콤한 맛이 감도는 토마토주스를 마시지 않으면 하루를 시작할 수 없다. 그리고 스크램블드에그에 방울토마토를 넣어서 먹는 것도 좋아한다.

"편식하마 안 댄데이. 영양이 있으마 머든지 무야 하는 기라. 그카고 좋아하는 기 없는 거, 그것도 안 좋다. 좋아하는 거 먹고 싶은 기 건강하다카는 증거라. 묵고 싶은 기 없어지마 고마 그거는 큰일이제."

어머니의 가르침대로 몸이 약해진 것 같은 느낌이 들면 나는 가능한 한 내가 좋아하는 음식을 먹는다. 아니, 어쩌면 좋아하는 음식을 먹고 싶은 마음이 있어서 아프지 않은 것인지도 모르겠다.

나는 반들반들한 방울토마토가 빽빽하게 열리기를 기대했다.

하지만 아내든 나든 열매가 맺히기 시작할 즈음에 뒷거름을 주었으면 좋았을 텐데 여행을 다녀오느라 길게 집을 비우는 바람에 그만 탈이 났다. 게다가 올해는 예년에 비해 장마가 길기도 했고, 비가 그친 후에는 날씨가 급변해 해가 쨍쨍 내리쬐다 보니 줄기와 잎은 마르고 겨우 열린 열매도 갈라지거나 초라한 것들밖에는 남지 않았다.

"이번에는 망했네. 하지만 내년에 또 해봅시다. 방울토마토가 쉬울 줄 알았는데 은근히 어려운 걸? 하지만 뒷거름이랑 물 빠짐, 그리고 햇빛 가려주는 것만 신경 쓰면 아마 괜찮을 거야."

스스로 위로하듯이 아내는 내년을 위한 결의를 다졌다. 나 또한 속으로는 아내 이상으로 실망했지만 이런 걸로 풀이 죽어서는 안 되지, 하고 기세 좋게 결의를 보였다.

그런데 주름이 져서 초췌해진 방울토마토를 바라보고 있자니 어딘가 미래의 내 모습을 보는 듯해 살짝 울적해진다. 어쩐지 아내도 나랑 같은 기분인 모양이다. 하지만 자세히 보니 토마토는 토마토였다. 그 갈라진 틈이 마치 인생의 고뇌를 보여주는 듯해 오히려 사랑스럽게 느껴질 정도였다.

"이런 초췌한 토마토라도 맛은 있잖아. 먹을 수 있을지 없을지 잘 모르겠지만 한번 말려볼까?"

아내의 얼굴에도 웃음이 돌아왔다. 나도 어쩐지 잘 정리한 것 같아 후련한 기분이 들었다. 문득 어떤 일이 있어도 굽힐 줄 모르던 어머니가 해주신 말씀이 생각났다.

"무슨 일이든 어떻게든 되는 법이다."

제 3 장

꽃의 빛깔

영원한 행복

봄이 움트는 일요일 오후, 볕이 잘 드는 테라스에 등나무 의자를 들고 나와 천천히 다리를 펴고 신문을 읽는다. 오랜만에 찾아온 휴일 오후의 휴식이다.

그런데 2017년에는 신문을 펼치는 것조차 고통스러웠다. 연이은 북한의 도발적 핵실험과 미사일 발사 탓에 곧 전쟁이라도 일어날 듯 불온한 공기가 감돌았기 때문이다.

잊을 수 없는 그 초가을의 이른 아침(9월 15일). 창문을 통해 들어온 아침 햇살에 설핏 눈을 떴다가 다시 잠을 청하려던 순간이었다. 베개 옆에 둔 휴대폰이 갑자기 부르르 떨더니 기분 나쁜 소리를 내기 시작했다. 이와 동시에 크고 날카로운 사이렌 소리(J얼러트, 일본전국순시경보시스템)가 울렸다. 북한 미사일이 일본 상공을 지나갔다는 것이다.

"또야? 이제 좀 그만하지."

심기가 불편했다. 고원의 아침이 품은 고즈넉함을 깨뜨리는 시끄러운 사이렌 소리도 거슬렸다. '이렇게 한다고 안전이 확보되는 건 아닐 텐데…. 이건 오히려 불안감을 부채질하는 건데….' 나는 고원 또한 안전한 장소가 아닌 것 같다는 불길한 예감에 사로잡혔다.

아내의 얼굴에도 불안의 그림자가 드리워져 있었다. "자꾸 이러다가 진짜 전쟁이라도 나는 거 아냐?" 문득 아내의 입에서 흘러나온 말에 나는 '어쩌면 그럴지도…' 하고 생각하면서도 "아니야, 괜찮아. 분명히 상황이 바뀌는 시기가 올 거야"라고 말한다. 그렇게 아내를 안심시키면서도 과연 그런 때가 언제 올지 장담할 만한 근거가 있는 건 아니었다.

미사일은 신형 중거리탄도미사일 '화성 12호'라고 했다. 최고 고도는 약 800킬로미터, 비행거리는 지금까지 쏘아 올린 미사일들 중 제일 긴 약 3,700킬로미터에 달한단다. 미사일은 홋카이도 상공을 통과해 에리모미사키(홋카이도 최남단 지역-옮긴이) 동쪽 태평양 바다 위에 떨어졌다. 이것으로 북한의 미사일 성능이 향상되었으며 미군기지가 있는 괌 주변까지 비행할 수 있음이 밝혀졌다. 이미 8월에 북한은 중거리탄도미사일을 쏘아 괌 주변을 포위 사격할 것이라 예고한 바 있다. 이 미사일 발사는 8월에 예고한 그것이 틀림없다. 게다가 이번에는 미사일을 높은 각도로 쏘아 올려 비행거리를 억제하는 로프티드 궤도lofted trajectory(최소에너지궤도의 반대 개념으로 적의 요격을 어렵게

하는 방식-옮긴이)가 아니라 통상 궤도에 가까운 각도로 발사되었다고 한다. 이제 북한의 도발은 아슬아슬한 임계점까지 도달했다. 더 이상은 초강대국 미국의 군사적 보복을 피해갈 수 있으리라 장담할 수 없는 지경에 이르렀다.

군사적인 충돌도 각오해야 할 것이다.

이어서 북한과 미국 양국 지도자 사이에 오간 격렬한 비난과 응수는 이런 울적한 분위기를 한층 강화했다. '로켓맨'이니 '늙다리'니, 국제 정치판에서는 들어본 적 없는 격한 언사가 오갔으며 점점 더 심해지기까지 했다. '북한을 완전히 파괴할 수밖에 없다'라는, 자칫하면 선전포고로도 들릴 수 있는 트럼프 대통령의 과격한 UN 연설로 세상은 어수선했다. 이 발언에 대해 '로켓맨'은 수소 폭탄 실험을 암시하는 듯, 초강경 조치를 취하겠다는 성명을 냈다. 마치 고삐 풀린 말처럼 이제 더 이상 전쟁을 피해갈 수 없는 분위기가 되었다.

이렇게 느닷없이 전운이 감도니 지금까지는 경험해보지 못한 불안감에 휩싸인 사람들이 많았을 것이다. 정말로 미사일이 우리를 직격할 수 있으며 최악의 경우 핵전쟁이 발발할지도 모른다고들 했지만, 이상하게도 나는 실감이 나지 않았다. 모두가 절박한 위기 상황이라고 하는데도 나는 거의 현실감이 없는, 이상하고 기묘한 감각 속에 붕 떠

있는 기분이었다.

신문과 텔레비전, 인터넷 등에서 뉴스를 접할 때마다 나는 한없이 우울해졌다. 한국전쟁이 발발한 해에 태어난 내가 고희를 몇 년 남겨두고 또다시 전쟁의 시작을 보게 된다면…. 나는 전쟁과 평화 사이를 살아온 것이 아니라 전쟁과 전쟁 사이를 산 것이 된다. 이 무슨 얄궂은 아이러니인가. 역사의 여신이 복수라도 하는 것일까. 이미 충분히 희생을 바치지 않았던가. 울적한 기분이 마치 앙금처럼 마음 속에 가라앉았다.

방송이면 방송, 잡지면 잡지, 책이면 책 모두 '혹시라도 북한과 미국이 싸운다면', '미국은 북한을 이렇게 칠 것이다', '김정은 참수작전' 등등 전쟁열에 들떠 불길한 말을 쏟아내니 내 마음은 더욱 어두워져갔다. 텔레비전 프로그램의 패널로 참석해 이야기할 때마다 나는 몸이 뒤틀리는 듯했다. 전쟁을 피하고 싶다, 전쟁은 피해야 한다…. 안타깝게도 상황은 완전히 반대 방향으로 흘러갔다. 느리기는 해도 착실히 전쟁을 향해 가고 있었다. 하지만 바늘 구멍에 낙타를 넣어야 하는 힘든 길이더라도 분명히 해결책은 있을 것이다.

"아주 머릿속이 꽃밭이시네요?"라고 다른 사람들에게 야유를 받아도 20년 동안 일관되게 흔들리지 않았던 확신—북한, 한국, 일본, 중국, 러시아, 미국의 6자회담을 통해 동북아시아에 평화를 구축하는 길—으로 하나하나 찬찬히 다시 사람들을 설득하는 수밖에 없다. 그렇게 마음을 다잡으면서도 문득문득 두려워지곤 한다.

그럴 때마다 나를 위로해준 것은 무엇보다 고원의 맑고 깨끗한 공기와 나무, 꽃이었다. 깊어가는 가을의 드높고 푸른 하늘을 올려다보고, 조금씩 물들어가는 뜰의 경치를 물끄러미 바라보노라면 인간이 만들어온 역사란 참으로 어리석게 느껴진다. 그리고 나 또한 무척 어리석다. 이렇게 어리석은 우리를 그저 아무 말 없이 감싸주는 고원의 가을은 그 자체로 작은 구원이었다.

신형 중거리탄도미사일 발사 이후 두 달 반이라는 시간이 흘렀다. 드디어 달뜬 전쟁열도 조금은 식었나 싶었던 즈음, 북한은 '화성 15호'라고 이름 붙인 초대형 핵탄두 탑재 가능 미사일 실험을 강행해 세상을 충격의 도가니로 몰고 갔다. 만약 대기권 재돌입에도 견딜 수 있는 핵탄두 경량화에도 성공했다면 화성 15호는 북한이 주장하는 대로 미국 본토를 사정거리로 하는 대륙간탄도미사일이 되는 것이며, 초강대국의 안전에 큰 위협이 된다. 이는 쿠바 위기 이후 가장 큰, 아니 그보다 더 큰 위기다. 세계 종말의 시계는 멸망까지 2분의 시간이 남았음을 가리키고 있었다.

그럼에도 불구하고, 어느 날 갑자기 이런 분위기가 반전되어 평화적인 교섭이 시작되지는 않을까 하는 생각이 들었다.

북한의 정상이 화성 15호 발사에 대해 '국가 핵 전력 완성의 역사적 대업'이라고 선언했기 때문이다. 이 발언은 정말 제멋대로의 논리에서 나온 것이긴 하나 북한이 미국과 대등한 위치에 섰다—이제 북한은 적어도 미국 본토를 사정거리 안에 넣을 수 있는 핵 전력을 가졌다—는 뜻이기도 했다. 그러니 이제는 미국과 교섭하려고 하겠지? 나는 한 가닥 희망을 부여잡았다. 말하자면 '신중한 낙관론'의 입장에서 새로운 국면 타개의 계기가 오기를 바랐다.

물론 지식인과 전문가, 언론인, 텔레비전 와이드쇼 등을 포함해 나 같은 낙관론자가 들어갈 틈은 어디에도 없었다. 나의 고립감은 나날이 깊어갔다.

그러나 해가 바뀌고 김정은 위원장이 2018년 신년인사에서 평창동계올림픽 참가를 표명하고 그에 필요한 대표단 파견을 제안하면서 전쟁 모드는 평화 모드로 완전히 뒤집어졌다.

그렇다고는 해도 다른 어떤 것보다 남북 화해에 앞장섰던 한국의 문재인 정권을 향해, 적극적으로 대응하지 않고 한 발 물러서 있다며 나쁜 평가를 내리는 언론 보도도 있었다. 평창동계올림픽은 성대하게 치러졌으나 올림픽이 남한과 북한의 줄다리기에 이용되었다는 비난도 사그라들지 않았다. 올림픽이 끝나면 한미합동군사훈련이 시작될 예정이니 북한이 이 훈련에 반발해 강경 조치를 하리라는 '4월 위기설'이 마치 사실인 양 퍼져나갔다.

어찌해 이렇게까지 깨닫지 못하는 것인지…. 아니면 북한과 미국 간의 군사적인 충돌을 일부러 부채질하는 것인가…. 그렇게 되면 한국뿐만 아니라 일본에도 회복 불가능한 인적, 물적 피해를 초래하리라는 것을 어째서 예상하지 못하는 걸까…. 나의 반발은 분노로 변했다.

몇 번이나 엎치락뒤치락한 끝에 축소된 규모로 실시된 한미합동군사훈련은 북한의 도발 없이 무사히 끝났다. 평화 모드는 이어지고 있다.

이 불온한 날들이 시작되기 전만 해도 내게 신문 읽기란 빼놓을 수 없는 일과였다. 언제나처럼 신문을 접으며 유리창 너머로 시선을 옮겼더니, 글쎄 아내가 몸을 굽혀 양손으로 땅을 짚고 있었다. 흙이 묻을 정도로 땅바닥 가까이 얼굴을 대고 무언가를 열심히 들여다보는 게 아닌가. 이윽고 아내는 땅에 무릎을 꿇고 앉아 주머니에서 스마트폰을 꺼내더니 흙덩어리 같은 것을 찰칵찰칵 연속해서 찍는다.

가만히 보니 선명한 노란 빛깔의 무언가가 마른 낙엽을 밀어 올리듯 불쑥 얼굴을 내밀고 있었다.

무슨 사진을 찍는지 무거운 유리문을 열고 아내에게 물어볼까 하던 차였는데 햇빛을 받으며 누워 있는 나를 발견한 아내가 먼저 한달음에 달려왔다. 뭐 대단한 거라도 발견한 걸까? 아내는 기쁨으로 가득한 눈을 반짝이며 유리문을 통통통 두드렸다.

그 기세에 밀린 나는 유리문을 열었다.

"여보, 봤어? 꽃이 피었다고."

"무슨…?"

"이리 와봐, 이리 와보면 알아."

아내는 이렇게 말하고 다시 층층나무 그늘 아래 낙엽이 쌓이고 이끼가 낀 곳으로 재빨리 돌아갔다.

내게는 흔치 않은, 쉬는 일요일 오후였다. 화창한 봄볕 아래에서 느긋하게 있으려 했건만….

마뜩잖았지만 아내가 부르는 곳으로 가보았다. 거기에는 마치 두더지가 '안녕?' 하고 넉살 좋게 얼굴을 내민 것처럼 눈부시게 선명한 노란색 꽃이 몇 군데 피어 있었다.

"이거 뭔지 알아? 복수초야. 예쁘지?"

아내는 자신만의 보물을 몰래 보여주는 듯 기쁨으로 의기양양했다.

"복수초는 말이지, 봄을 알려준다는 꽃으로 원일초라고도 하고 초하루풀이라고도 해."

짧은 줄기 위에 불쑥, 샛노란 꽃을 피운 복수초는 내가 좋아하는 꽃 가운데 하나이기도 했다.

두꺼운 수염뿌리에 쑥을 닮은 어린 잎…. 결코 멋진 모습은 아니었지만, 마치 "있잖아, 나 좀 봐줄래?"라며 계속해서 주의를 끄는 여자아이 같은 앳된 순진함이 느껴졌다.

"여보, 이거 알아? 복수초 뿌리는 이뇨 효과가 있어서 민간요법에서 중요한 약이었대. 그런데 독성도 강한 거야. 복수초는 독초인 거지."

그렇구나. 그런데 아내의 입에서 의외의 말이 흘러나왔다.

"독초는 독초지만 복수초의 꽃말은 '영원의 행복'이야. 여자아이처럼 노란 꽃잎, 독, 그리고 '영원의 행복'."

나중에 조사해보고 알았는데, 복수초는 이른 봄에 나와 늦봄에는 자취를 감추는 스프링 이페머럴spring ephemeral(봄에만 잠깐 피었다 지는 풀꽃들을 이른다-옮긴이)이라고 한다. 이페머럴이란 '한순간의 덧없음'을 뜻한다.

복수초 같은 '스프링 이페머럴'은 꽃이 지면 지상부는 자취를 감추고 낙엽수림의 임상林床(삼림 속의 지표면-옮긴이)이 된다. 봄의 덧없는 한때를 열심히 살고 삼림을 살리는 땅이 되는 것이다. 남한과 북한이 분단된 상황에서 통일을 위해 한순간의 봄을 열심히 살아내고 그 뒤에는 다음 세대를 위한 토양이 되길 바라던 사람들이 복수초로 다시 태어난 건 아닐까. 나 또한 복수초가 되어 다시 태어날지도 모르겠다.

작은 천사

제비꽃처럼 작은 사람으로 태어나서

—나쓰메 소세키—

평지에서 피는 꽃처럼 잎이 통통하고 꽃잎이 커다란 꽃은 고원에서는 찾아보기 힘들다. 작고 연약하며 발돋움하려 애쓰지 않고 자기만의 꽃을 피우는 고원의 꽃들. 고원에는 하늘에도 인간에도 무심한 듯 보이지만 그럼에도 보는 이의 마음을 달래주는 작은 꽃들이 많이 핀다.

남쪽 지방에서 자란 나는 태양의 은혜를 담뿍 받아 푸르고 통통하게 살이 오른 잎, 반질반질하게 윤이 나는 꽃, 에로틱한 붉은 입술을 떠올리게 하는 동백꽃이 친숙했다. 히고롯카(히고의 대표적인 여섯 종류의 꽃. '히고'는 구마모토 지방의 옛 이름이다-옮긴이)의 대표인 히고쓰바키(비후동백-옮긴이)는 실로 볼 만한 가치가 있다. 남국의 정취를 물씬 풍기는 동백꽃이 청량하게 샘솟는 물 위로 꽃송이째 '투둑' 하고 떨어져 떠가는 모습을 나는 아름답다고 여겼다. 젊은 피가 들끓던 시절에는 '투둑' 하고 한꺼번에 꽃송이째 떨어지는 거침없는 모습이 멋있어 보였다. 하지만 이제 동백꽃을 보면 뭐랄까 너무 진하달까, 독기가 있달까, 그렇게 느껴진다.

고원에서는 연못 물을 붉게 물들이는, 뚝뚝 떨어지는 선혈처럼 독기 서린 꽃(나쓰메 소세키, 『풀베개』)을 마주치는 일은 거의 없다. 고원에 피는 꽃들은 대부분 독기와는 아무런 인연 없이, 맑디맑은 푸른 하늘처럼 투명하다.

특히, 봄이 되면 얼굴을 쑥 내미는 제비꽃은 그러한 고원의 꽃들 가운데서도 각별하다.

우리 집 뜰의 양지바른 완만한 경사면에는 마른 낙엽으로 뒤덮인 곳이 있는데, 털제비꽃이라는 붉은보라빛 제비꽃이 핀다. 소세키의 글에 나오는 제비꽃이 무슨 제비꽃인지는 모르겠지만, 어쨌든 내게 친숙한 제비꽃은 꼭두서니 빛깔의 꽃을 피우는 털제비꽃이다.

제비꽃의 꽃말 가운데 '작은 행복'이 있다. 우리 집에 핀 털제비꽃을 보노라면 정말로 그런 기분이 든다. 털제비꽃은 누군가에게 영합하지 않는다. 그렇다고 굳이 맞서지도 않는다. 그저 홀로 고상하게, 표표히 행복한 삶을 살아간다. 그러니 당연하게도 사람에게 잘 보이려는 마음은 눈곱만큼도 없으리라.

그래서였을까, 나는 몇 번이나 발을 잘못 디뎌 제비꽃을 밟을 뻔했다.

"여보, 조심해! 발뒤꿈치 쪽에 제비꽃!"

아내의 말을 듣고서 뒤돌아보니 발 아래에 길이 5센티미터 정도의 꽃자루 끝에 달린 붉은보라빛 작은 꽃이 눈에 들어왔다.

동백꽃이 육감적이고 글래머러스한 여성을 떠올리게 한다면 제비꽃은 지상으로 내려온 작은 천사를 상상하게 한다. 그런 제비꽃에 상처를 준다면 분명히 뒷맛이 씁쓸할 것이다.

그러고 보니 그때도 자칫 잘못하면 그 작은 천사를 밟을 뻔했다.

작은 천사는 화창한 봄날, 하지만 인기척이라고는 조금도 느낄 수 없던 후쿠시마현 이이다테무라 마을에도 내려와 있었다. 그걸 눈치채지 못한 나는 하마터면 그 작은 천사를 망칠 뻔했다.

아들을 먼저 떠나보내고 깊은 슬픔에 잠겼던, 아니 공중에 붕 떠 있는 듯했던 나는 공허함을 곱씹으며 비극을 봉인한 채로 겉으로 드러나는 모습에만 신경을 썼다. 그런 내게 동일본대지진으로 인한 참사는 영혼을 뒤흔드는 충격이었다. 이렇게 수많은 이들이 죽거나 행방불명이 된 것은 전후 처음이었다. 사랑하는 반려자와 아이, 부모를 잃은 사람에게 죽거나 행방불명이 된 한 사람 한 사람은 숫자로 셀 수 없는, 그 어떤 것과도 바꿀 수 없는 존재였다.

도대체 왜 이런 일이 일어났을까. 왜 이런 비극이 닥쳤을까. 그들이 던지는 물음은, 비록 원인은 나와 달랐으나 내 안의 고민이나 갈등과 닮아 있었다. 특히, 빛이 칠흑의 어둠으로 모습을 바꾼 듯한 후쿠시마 제1원전 사고의 비극을 떠안고 살아갈 수밖에 없는 사람들은 이 부조리를 견디기가 무척 힘들 것이다. 여기까지 생각이 미치자 나는 더 이상 가만히 있을 수 없었다. 현장으로 가서 직접 봐야겠다, 이 눈과 귀, 피부, 그리고 온몸으로 비극의 현장을 느껴봐야겠다고 말이다.

내 조급한 마음에 구원의 배를 띄워준 사람은 한 민간 방송국의 프로듀서였다. 나는 현장 리포터라는 역할로, 방송국 스태프들과 함께 후쿠시마에 발을 들여놓았다.

적산선량(사고 후 1년간 피폭선량의 합계)이 무려 20밀리시버트에 달하는, 후쿠시마 제1원전 20킬로미터권 밖에 있는 이이다테무라는 '계획적 피난구역'으로 지정되어 있었다. 가는 곳마다 인기척 없이 그저 고요한 광경이 펼쳐졌다. 이이다테무라는 아부쿠마 산계山系(둘 이상의 산맥이 밀

접한 관계를 가지고 한 계통, 산계를 이룬다-옮긴이)의 북부 고원에 자리 잡고 있어서 오이와케나 가루이자와처럼 고원 특유의 차가운 공기가 감돌았다. 그 공기가 눈에 보이지 않는 방사성 물질로 오염되었다고 생각하니 마치 별세계에라도 떨어진 듯, 꿈이라도 꾸는 듯했다.

하지만 여기는 분명 인기척 없는 '계획적 피난구역'이었다. 시골에 가면 흔히 볼 수 있는 가정집들이 죽 늘어서 있었다. 술집과 잡화점 간판이 눈에 들어왔다. 마치 조금 전에 열어놓은 서랍 속 잡동사니들처럼, 모든 집의 현관이며 뒤뜰에는 생활의 냄새가 서린 물건들이 흩어져 있었다. 지금이라도 외출했던 집주인이 돌아올 것만 같은 기분이 들어 나는 오래된 가옥 앞을 한동안 지키고 서 있었다.

그러다가 문득 속에서 이루 말할 수 없는 적막감이 끓어올랐다. 묘지에 서 있는 듯한 느낌이 나를 덮쳐왔다. 외롭고 쓸쓸하고 조용하게 가라앉은 침묵 속에 갇힌 듯했다.

나를 부르는 스태프의 목소리에 겨우 정신을 차리고 길을 가로질러 차를 세워놓은 곳으로 가려 할 때였다. 도로변 움푹 패인 곳에 그 천사가 홀로 얼굴을 내밀고 있었다. 연한 연지를 바른 듯한 제비꽃.

'안녕' 하고 반갑게 인사하듯, 제비꽃은 솔솔 부는 바람에 흔들렸다. 이런 곳에서 표표히 생명을 이어가는 작은 꽃. 나는 무심코 무릎을 굽혀 손가락 끝으로 제비꽃의 작은 꽃잎을 어루만졌다.

사랑하는 아들이 죽었을 때는 너무나 슬퍼 눈물도 나오지 않았는데 이제껏 막고 있던 둑이 터졌는지 눈에서 저절로 눈물이 흘러나왔다.

그저 풍요로움을 얻기 위해 매진하고, 과학기술의 빛나는 미래를 믿었으며, 열에 들떠 경제성장을 향해 달려온 전후 일본. 나 또한 그렇게 반평생을 살았다.

민족적 소수자를 따라다니는 핸디캡이 있었다손 치더라도 나는 분명 그 상승 기류에 올라탔으며 혜택을 누렸다. 내가 누린 혜택은 분명히 다음 세대로도 흘러넘치리라 확신했다. 하지만 사랑하는 아들조차 구하지 못한 풍요로움이란 도대체 무엇이었을까? 내가 믿어온 과학기술이 가져온 생산력이란 또 무엇이었을까? 이와 같은 물음을 거대한 규모로 백일하에 드러내 보여준 것이 동일본대지진과 원전 폭발 사고였다.

인간이 살아가는 방식, 사회의 존재 방식, 낙관적인 과학기술론이 '근본적인 회의懷疑'라는 체에 걸러졌다. '변하자, 변해야 한다', '다시 태어나자'는 마음이 나를 움직였다.

두 번에 걸쳐 원자폭탄 세례를 받고, 원자력의 '평화

적 이용' 끝에 체르노빌급 원전 사고를 겪은 일본. 핵무기든 원자력 발전이든 그 목적은 달라도 물리적으로는 같은 현상을 이용한 것이다. 인간의 목적에 이 과학기술을 이용하자는 프로젝트가 미증유의 비극을 초래했다는 점에서는 다를 바가 없다.

그렇다면 변해야 한다. 이러한 묵시록적 경고에도 불구하고 '포스트 후쿠시마(후쿠시마 제1원전 사고 이후)'의 역사는 '프리 후쿠시마(후쿠시마 제1원전 사고 이전)'의 역사와 어떤 단절도 없이 연속성을 유지하는 것 같다. 겉으로 드러나는 모습만 보면 그렇게 보인다. 도대체 어째서? 이 사회가 가진 강한 복원력 때문일까. 아니면 그저 '차례차례 닥쳐오는 상황에 맞춰(마루야마 마사오, 「역사의식의 고층」)' 그저 몸을 맡길 뿐인 건망증의 조화일까.

작은 제비꽃은 사람이 무슨 일을 하든 흥미가 없다. 솔솔 부는 바람에 흔들리며 그저 귀엽게 피어 있을 뿐.

나도 작은 사람이 되고 싶다.

노란 꽃

하얀색이 점점 더 좋아지는 요즘이지만 혈기왕성한 시절, 나는 노란색을 좋아했다.

불타오르는 듯한 색채. 생명의 기쁨에 가득 찬 노란색은 가라앉은 마음을 위로하고 격려해주었다. 우리 집 뜰 울타리 근처에 봄이면 무리 지어 가득 피어나는 노란 꽃 연교連翹(개나리의 다른 이름-옮긴이). 바라보다 빠져들 듯한 푸른 하늘에 선명한 노란색 연교가 가득 핀 풍경은, 드디어 고원에도 본격적으로 봄이 도래했음을 알린다.

이 노란 꽃들은 번식력이 왕성하다. 우리 집의 연교는 키가 1미터 남짓으로 자그마하지만 부드럽게 휜 나뭇가지는 성장기 아이처럼 의기양양하다. 나뭇가지가 자라면 아래쪽으로 휘어 땅바닥에 닿을 정도로 활기에 넘친다.

연교는 앞부분이 네 갈래로 갈라진, 겨우 2센티미터 정도 되는 작은 꽃들이 가느다란 가지에 빽빽하게 피어 있다. 멀리서 그 모습을 보면 마치 작은 금종을 가지에 가득 달아놓은 듯하다. 지금도 이 엄청난 수의 작은 종들이 한꺼번에 울리는 소리가 들리는 것 같다. 이처럼 시각과 청각을 동시에 자극하는 꽃은 연교밖에 없으리라.

아주 오래전, 방황에 지친 나는 아버지와 어머니의 나라를 방문해 질풍노도 같은 여름 한철을 보냈다. 그 후로는 더 이상 '길 잃은 어린 양'으로 돌아가지 않았다. 대도시에 부슬부슬 내리는 빗방울처럼 아주 작은 존재일지라도 있는 그대로 살고 싶다는 강한 의지가 내 안에서 머리를 들고 일어났다. 연교의 선명하고 강렬한 노란색이, 눈이 부실 정도의 열기가 나를 사로잡았다. 태어나서 처음으로 같은 처지의 친구들을 만나 격론을 나누었으며 정치운동에 몸을 던졌다.

서클 친구들과 거듭해 회의하고 학습했으며 집회를 열고 가끔 한국대사관을 향한 시위에 참여했다. 같이 어깨를 걸고 노래를 불렀으며, 때로는 긴 시간 술을 마시고 소란을 피우기도 했다.

우리는 왜 일본에 태어나 원하는 대로 살지 못하는가. 아버지와 어머니의 나라는 왜 분단되었으며 둘은 서로 으르렁거려서 일본에 사는 우리에게까지 어두운 그림자를 드리우는가. 왜 우리는 '파리아Pariah(인도 카스트제도의 불가촉천민-옮긴이)'처럼 부평초 같은 삶을 살아야 하는가.

38선 북쪽의 나라를 '지상낙원'이라 생각하지는 않았

지만 그렇다고 남쪽의 군사독재에도 찬성할 수 없었던 우리는 강한 반발심을 느끼면서도 '한국적 카테고리'라 불리는 쪽에 머물며 그 안에서 한국의 자유와 인권, 민주화를 부르짖었다. 그것이 우리의 거점이었다.

이 '한국적인 카테고리'에 관해 우리는 얼마나 많은 토론을 했던가. 남한과 북한의 대립이라는 냉엄한 현실 앞에서 일본에서 태어나 자랐음에도 바다 건너 한국이라는 나라를 선택한다는 것은 당시 일본의 진보적인 학생들 눈에는 반동적인 '반공' 국가에 귀속하려는 듯 비쳐졌다.

하지만 '한국적인 카테고리'란 북한을 '적색 독재(김일성 주석)'로, 남한을 '백색 독재(군사독재)'로 간주하고도 굳이 한국(남한) 국적을 선택해, 일본에서 살아가면서도 한국의 학생과 지식인, 종교인과 언론인, 노동자와 민중의 '반독재' '민주화' 투쟁에 연대하겠다는 뜻이었다. 그러나 일본에 있는 우리는 이 투쟁에서 결코 '전위'가 될 수 없었다. 어디까지나 '후위'에 지나지 않았다. 하지만 '후위'라 하더라도 '영광스런 후위'이고 싶었다. 이것이 학생들의 젊은이다운 바람이었다.

일본의 한편에서 한국의 민주화를 부르짖는 학생들. 그들이 바로 우리였다. 하반신은 풍부한 물자와 자유를 만끽하는 풍요로운 사회에 푹 잠겨 있으면서도 심장과 머리는 군정 아래의 사회를 살아간다. 몸과 마음, 머리가 따로따로 노는 모순 속을 살아가는 젊은이들이었다. 이것이 땅에 발을 딛지 못하고 붕 뜬 채 살아가는 젊은이의 자기만족, 나르시시즘이었다고 해도 나는 연교처럼 의기왕성했다.

유력한 민주화 투사를 제거하려 했던 한국중앙정보부의 김대중 납치 사건(1973년)은 전년도에 출범한 박정희 대통령의 '유신체제'가 얼마나 모략적인 정보통제 위에 세워졌는지 백일하에 드러냈다. 항의하는 목소리는 침묵을 강요당했고 목소리를 드높이는 자에게는 야만적인 탄압이 가해졌다.

그러던 와중에 1973년 10월 서울대학교 학생들이 궐기했다. 독재에 대항해 반대 성명을 낸 것이다. 이 성명문에는 '기성 언론인, 지식인은 깊이 반성하라'고 쓰여 있었다. 게으른 잠에 빠져 억압과 회유에 굴복하고 기득권자들에게 붙어 사는 엘리트들을 통렬히 비판했다. 성명문을 읽은 나와 내 친구들은 곤봉으로 머리를 얻어맞은 듯한 충격을 받았다. '영광의 후위'라 해도 결국 우리는 일본이라는 풍요로운 사회에서 미온적인 생활에 젖어 입으로만 과격한 말을 하고 그 말에 취해 있을 뿐 아닌가. 거기에는 혈기왕성한 학생이기에 가능했던 순수함과 함께 어딘가 자학적이면서 호기로운 젊은이의 위태로움 또한 함께 펄떡이고 있었다. 전위에 비해 뒤처진, 게으른 잠에 빠진 후위, 싹수가 노란 우리. 그 뒤처져 있다는 느낌에는 결국은 한국이 아닌 일본에서 강 건너 불 보듯 살아갈 수밖에 없다는 관념적인 부정이 뒤섞여 있었다. 정치의 계절이 끝나면 흩어져 버릴, '뿌리' 없는 부평초와도 같은 불안정한 의분과 울분이 섞여 있었다.

그러나 그렇게 혈기왕성한 질풍노도의 시절이 없었다면 지금의 내 생각도, 신념도, 남북을 바라보는 흔들림 없는 관점도 존재하지 않았을 것이다. 무리를 지어 선명한 노란색으로 핀 연교의 모습을 볼 때마다 나는 시큼한 맛이 나는 젊은 시절을 떠올린다. 꺼지지 않은 잔불이 내 속에 아직도 불타오르고 있음을 안다.

연교를 보면 돌아가신 어머니와의 유대감도 느껴진다. 어머니의 고향에서는 연교를 개나리라 부른다. 일본에서는 '봄의 색깔' 하면 분홍색 벚꽃을 떠올리겠지만 한국에서는 노란 개나리다.

일본의 식민지였던 시절, 최대의 군항이 있던 진해는 어머니가 태어나 자란 곳으로 벚꽃의 명소로도 잘 알려져 있다. 바닷가에서 햇빛을 받으며 눈부시게 피어나는 벚꽃의 반짝거림은 아마도 어린 소녀에게 강렬한 인상을 주었을 것이다. 어머니는 만년에도 그 모습이 그리워 구마모토 시내가 내려다보이는 산허리에 심어놓은 벚나무에 꽃이 피기를 손꼽아 기다리곤 했다. 어머니가 가장 좋아한 꽃은 벚꽃이었다. 그런 어머니가 들판 곳곳에 무리 지어 피어난 노란 개나리꽃을 발견하고는 고사리 캐던 손을 잠시 쉬며 뚫어지게 바라본 적이 있었다. 그리운 듯 슬픈 듯, 그러면서도 생생하게 활력이 넘치던 어머니의 표정이 지금도 눈에 선하다.

개나리의 꽃말은 '희망'이다. 짓밟히고 또 짓밟혀도 아무렇지 않게 수많은 노란 꽃을 피워낸다. 슬픔이나 고통을 느낄 새도 없이 그저 끝없이 다시 태어나 보는 사람에게 희망을 준다.

우리 집 뜰에 핀 개나리를 바라보면 어머니가 떠오른다. 그리고 그 어머니 옆에는 노란색을 좋아하던 혈기왕성한 시절의 내가 바짝 달라붙어 서 있다.

폐쇄적이던 사춘기 시절을 깨고 나오려는 듯, 제 뿌리를 방문하고 마음속에 갈등을 품은 아들. 그런 아들이 앞으로 어디로 갈지 몰라 걱정하던 어머니. 멀리 떨어져 방학이 되어야 가끔 돌아오던 아들의 변화에 어머니는 분명 마음 아파했으리라. 대학생이 된 아들은 문자를 모르는 당신과는 완전히 다른 세상의 사람이 되어 상상도 할 수 없는 곳으로 여행을 떠났다. 분명 어머니는 그렇게 느꼈을 것이다. 든든하기도 했겠지만, 사랑하는 아들이 멀리 가버린 듯해 쓸쓸하지 않았을까.

문자를 몰라 쓸 수도, 읽을 수도 없었던 어머니에게 아들의 해설을 곁들여 세상의 사건을 보도하는 텔레비전 뉴스를 보는 단란한 시간은 무엇보다 큰 즐거움이었다. 세상 물정을 잘 알고 세상의 쓴맛과 매운맛은 다 맛본 어머니였지만 당신이 실감할 수 없는 머나먼 미지의 세계에서 일어나는 일은 그야말로 신선했으리라. 흥미진진하게 내 이야기를 듣던 어머니의 표정은 마치 어린아이 같았다.

어머니는 전쟁과 독재, 민주화라는 조국의 격동하는 역사가 당신 인생의 일부와 겹쳐진다는 걸 눈치채고 있었다. 그러나 힘없는 서민이 어떻게 할 수 있는 일이 아니라고, 어디까지나 '자연의 운행' 같은 것이라고 생각했다. 하지만 아들이 들려주는 이해하기 힘든 말에 당혹스러워하면서도 어머니의 마음속에는 무언가 변하고 있다는 또 하나의 직감이 있었다. 그것은 인간이 짜 올리는 역사가 반드시 운명적인 것은 아니라는, 사람의 힘으로 바꿀 수도 있다는 확신이었다. 예전 세대에게는 운명 혹은 필연일 수밖에 없었던 것을 이제 아들 세대는 스스로의 힘으로 바꿀 수 있게 되었다. 이것이 새로운 시대의 흐름 아닐까. 이런 지나

치게 밝은 전망이 어머니 안에서 싹텄다.

그게 아니라면, 어머니의 눈에 아들은 선연히 꽃을 피우는 개나리꽃 같았던 것 아닐까. 개나리에는 혈기왕성한 시절의 나와 어머니의 뿌리를 잇는 불가사의한 힘이 깃들어 있는 듯하다.

한국전쟁과 진달래

철쭉에 관해 내가 아는 것이라고는 고작 키 작은 나무라는 사실뿐이다. 이른 봄, 다섯 갈래로 갈라진 깔때기 모양 꽃을 피우는 철쭉은 버터 냄새라고는 전혀 없이 얼마나 동양적인지. 눈에서 코로 이어지는 부분에 굴곡이 없는 깔끔한 이미지다. 신기하게도 철쭉을 보면 콜리가 연상된다.

스코틀랜드 원산의 양치기 개 콜리는 눈에서 코로 이어지는 선에 어딘가 동양적인 느낌이 있어 느끼하지 않다. 성격도 조용하고 사람을 잘 따른다. 철쭉도 그런 느낌이다. 철쭉의 꽃말이 '신중', '절약', '첫사랑'이라니까 나 혼자의 느낌은 아닌 모양이다.

우리 집 작은 문 옆, 목련나무 뒤에 숨은 철쭉은 다홍색 꽃을 피우는 산철쭉이다. 꽃말은 '불타는 마음'이라는데 내 눈에는 전혀 그렇게 보이지 않는다. 다홍색이긴 하지만 어딘가 소박하다. 영화나 연극에 빗대자면 이 산철쭉은 여주인공보다는 조연 쪽이다.

하지만 철쭉도 그리 단순하지만은 않아서, 철쭉꽃 아

래쪽에 꿀이 고여 있는데 이 꿀에는 독 성분이 있어서 사람이 먹기라도 하면 때로 되돌릴 수 없는 일이 생기기도 한다.

한국의 철쭉 중에는 '진달래'라는 꽃이 있다. 봄이 오면 개나리와 함께 가장 먼저 떠오르는 대중적인 꽃이다. 서른두 살에 스스로 목숨을 끊은 시인 김소월이 스무 살에 지었다는 시 「진달래꽃」이 한국 사람들의 많은 사랑을 받고 있다.

나 보기가 역겨워
가실 때에는
말없이 고이 보내 드리우리다.

영변寧邊에 약산藥山
진달래꽃
아름 따다 가실 길에 뿌리우리다.

가시는 걸음 걸음
놓인 그 꽃을
사뿐히 즈려밟고 가시옵소서.

나 보기가 역겨워

가실 때에는

죽어도 아니 눈물 흘리우리다.

김소월의 인생에는 가혹한 식민지배의 그늘이 드리워져 있다. 몹시 음울한 32년이었다.

식민지배하의 폭력으로 정신이 이상해진 아버지와 보낸 어린 시절, 고독한 소년기, 인습적인 혼인에 속박된 청년기. 시인의 인생은 어둡게 그늘져 있었다. 김소월이 도일하자마자, 1923년 관동대지진이 일어났다. 겨우 목숨만 부지해 귀국한 그는 혜성처럼 문단에 등장했지만, 그 뒤에 찾아온 인생의 시련에 자학하듯 술에 빠져 비운의 죽음을 맞이했다. 그 아픈 영혼이 엮어낸 풋풋하고 서정적인 시어 하나하나가 때묻지 않은 '언령言靈(말이 가진 신비한 힘. 특히 일본에서는 말에 영력이 있다고 여긴다-옮긴이)'으로 승화되어 진달래에 깃들었다. 이 말들은 식민지 시기의 기억을 가진 사람들과 그 기억을 계승하려는 사람들에게 여전히 감동을 주고 있다.

일본이 아시아와의 전쟁으로 치닫던 즈음, 시인은 스스로 목숨을 끊었다. 한반도는 여전히 물적으로도 인적으로도 전쟁의 병참기지였다. 그 후유증은 결국 분단이라는 형태의 새로운 비극을 초래했다.

한국전쟁은 북한이 남한을 침공하면서 시작되었지만, 곧 뒤에서 서로 다른 체제를 강요하던 강대국들의 대리전쟁이라는 양상을 띤다. 하지만 그렇다고 해서 남한과 북한이 미국과 중국, 소련의 단순한 '괴뢰국'은 아니었다. 서로 다른 체제를 구축하고 내전 발발에까지 이르게 된 것은 식민지 시기 주변 나라들로 유출되었던 인구가 해방 후 귀환하면서 생긴 사회 유동성 때문이었다.

새롭게 각성한 인구가 엄청나게 많이 들어오면서 예전의 인습적인 사회가 요동쳤고 안으로부터 변혁의 에너지가 솟아나왔다. 동시에 일방적으로 그어진 분단선을 힘으로 철폐하려는 내적 압력이 높아져 내전을 향한 도화선에 불이 붙었다.

내전은 그 어떤 시인의 상상력으로도 예측할 수 없는 거대한 참화였다. 동족 간의 살육에 미군을 중심으로 한 다국적군이 참전하고 그에 맞서 중국 의용군까지 참전했다. 해방되었음이 분명했던 한반도는 국제 전쟁의 전장이 되어버렸다. 수많은 사상자, 초토화된 땅을 헤매는 난민의 무리…. 내전의 아비규환은 휴전 이후 남과 북 각각에 아무리 지우려 해도 지워지지 않는 슬픔과 미움, 적개심을 남겼으며 한반도는 대립과 갈등의 동토 속에 갇혔다.

북한에 대한 미국의 핵 위협은 휴전 후 북한이 핵병기

를 개발하는 계기를 준 셈이 되어버렸다. 두려운 핵 위협, 마음속 깊은 곳까지 전율케 하는 공포 체험이 아이러니하게도 북한의 핵개발과 핵 위기의 원점이었다.

한국전쟁은 전후 부흥을 위해 허덕이던 일본에게 '천우신조'였다. 한국전쟁 발발과 함께 전시 물자 공급이라는 특수 경기가 왔고, 이는 일본이 부흥에서 성장으로 넘어가는 계기가 되었다.

아버지와 어머니는 입에 풀칠이라도 하기 위해 매일 고철 수집에 혈안이었다. 모은 고철은 조국의 친척들을 살상하는 탄약으로 그 모습을 바꿀 터였다. 두 분 모두 이 아이러니한 상황을 눈치채고 있었으리라. 낮에는 고철 수집에 땀을 흘리고 밤에는 친척들의 안부를 걱정하며 눈물을 흘리던 부모님. 이 처절한 세상의 조화에 어머니는 하늘을 우러르며 당신의 운명을 저주했을지도 모른다. 하지만 한국전쟁이 발발한 그해 여름, 나는 구마모토에서 태어났다. 살육의 해, 통곡과 비탄의 계절에 생명을 허락받았다는 사실에 나는 줄곧 집착해왔다.

진달래에는 '한恨'으로 이어지는 인간의 깊은 애절함과 정념이 함께하는 듯하다. 철쭉과 달리 진달래꽃에는 독성분이 많지 않아 내전으로 초토화된 가난한 땅에서 쉽게 구할 수 있는 영양 보급원이 되었다. 한국에서는 지금도 찹

쌀과 진달래꽃으로 만든 '화전'을 먹는다고 한다.

나도 음력 3월 3일이면 꼭 어머니가 손수 만들어주신 '화전'을 맛있게 먹었다. 진달래에 관한 이야기는 전혀 모른 채 말이다.

"어떻노, 맛있제? 이거를 묵으마 몸에 봄이 온다 안 카나. 그카고 몸속에 나쁜 거는 이기 전부 내보낸다 안 카나. 마이 묵으레이."

갓 부친 '화전'을 건네주실 때마다 어머니는 자랑스런 얼굴로 꼭 이 말을 덧붙이셨다.

어머니가 김소월을 알았는지 어땠는지 나는 모른다. 하지만 그 유명한 구절은 한 번쯤 들어보셨겠지. 이제 와서 확인할 방도도 딱히 없지만.

조팝나무와 공조팝나무

화창한 봄날의 고원, 오솔길과 산울타리를 장식하는 작은 꽃들이 눈에 들어온다. 특히 작고 연약한 느낌의 새하얀 꽃을 피우는 조팝나무와 공조팝나무를 마주하면 긴장이 풀리고 편안한 마음이 된다. 마치 작은 요정들이 봄의 도래를 축하하듯 조팝나무는 자유분방하게, 공조팝나무는 우아하게 노래한다.

고원으로 이사온 지 얼마 되지 않았을 때만 해도 나는 조팝나무와 공조팝나무를 구별하지 못했다. 같은 나무인 줄 알았던 게다.

조용한 별장지의 산울타리를 무대로, 이 작은 요정들이 나무 사이로 내려오는 햇빛을 반사시키며 선명한 순백의 아름다움을 겨루는 광경을 나는 숨죽인 채 바라보았다.

"저 하얀 꽃은 뭐야?"

"이쪽 나뭇가지에 소복하게 눈 쌓인 듯한 게 조팝이고 꽃이 나뭇가지 앞부분에 모여 핀 게 공조팝이야. 둘 다 같은 속屬에 속하는 식물이라 닮아서 구별하기 어렵대."

가까이서 찬찬히 살펴보니 두 나무는 정말로 달랐다. 지표면 가까이에서 갈라져 나온 가지가 축축 휘어지듯 뻗어 나오고 그 나뭇가지 전체를 뒤덮으며 하얀 꽃이 무더기로 피는 쪽이 눈버들, 즉 조팝나무다. 나뭇가지에 하얀 눈이 버무려진 듯 보여 눈버들이라는 이름이 붙었으리라.

한편, 공조팝나무는 나뭇가지 끝에 조심스럽고 품격 있게 작은 공 모양으로 하얗고 조그마한 꽃들을 피운다.

눈버들, 즉 조팝나무의 꽃말은 '애교, 사랑스러움'이고, 공조팝나무는 '우아함'이라고 한다. 얼핏 보기에 닮은 듯한 조팝나무와 공조팝나무지만 찬찬히 들여다보면 꽤 많이 다르다.

조팝나무는 태연하달까, 아무 거리낌 없이 마음이 가는 대로 거침없이 자라난다. 그럼에도 부산스럽지 않은 점이 바로 내가 좋아하는 이유이다. 조팝나무의 꽃말 중에 '고요한 마음'이 있을 정도이니 '애교'가 있어도 그리 수다스럽지 않고 단아한 매력이 있는 건지도 모르겠다.

공조팝나무는 자유분방하게 무리 짓지 않고, 품격 있게 작은 공 모양으로 모여 우아하게 봄을 즐긴다. 그렇다고 너무 잘난 체하는 느낌은 또 아니라 마음에 든다.

조팝나무와 공조팝나무에 홀딱 빠진 나는 3년 전에 이 하얀 요정들을 우리 집에 불러들이기로 마음먹었다. 공조팝나무 묘목 두 그루를 바람이 잘 통하고 반나절 정도 해가 드는, 목련나무 옆에 심었다. 조팝나무 두 그루도 마찬가지로 내 서재 앞에 심기로 했다.

내가 앞장서서 묘목을 심자고 하자 아내는 조금 놀라는 눈치였다. "당신, 그런 거 할 줄도 알아?"라고 말이다.

아주 나를 얕보았구먼, 하고 쓴웃음을 지었지만, 정작 묘목을 심을 때가 되자 조팝나무와 공조팝나무에 적합한 토양이나 물 주는 법, 비료 주는 법에 대한 지식이 없어 내심 당황스러웠다. 인터넷 검색을 해보니 두 나무 다 유기질이 많고 물 빠짐이 좋은 흙에서 잘 자라며 부엽토와 퇴비를 섞어주면 좋다고 했다.

열심히 물도 주고 해서 그럭저럭 원하는 장소에 묘목을 심을 수 있었다. 나름 잘 해나가는 줄 알았는데 글쎄 그것도 한순간…. 사흘 정도 출장을 나갔다 돌아와서 정원을 보니, 공조팝나무와 조팝나무 묘목이 처참한 모습으로 변해 있었다. 무언가에 짓눌린 듯 쓰러져 있었다. 도대체 무슨 일이 있었기에…. 묘목을 심은 것은 처음이지만 모처럼 애써서 한 일이 이렇게 되어버렸다. 실망스럽기도 하고 화가 나기도 해서 조금 신경질적이 되어 있었는데, 아내가 이렇게 말했다.

"당신이 없는 동안, 맹렬한 기세로 우박이 내렸어. 유리창이 깨지지 않을까 무서울 정도였으니까. 우박 때문에 공조팝나무랑 조팝나무가 그렇게 된 거야."

고원에서 일어나는 예상치 못한 자연의 장난에 나는 할 말을 잃었다.

하지만 다음 날 나는 마음을 추스르고 다시 한 번 도전하기로 마음먹었다. 지금은 봄이 되면 그때 심은 묘목에서 연약하고 작은 꽃이 피어나 보는 사람에게 경쾌한 기분을 선사한다. 이 작은 요정은 마치 내가 낳아준 부모라도 되는 양 나를 따르는 듯하다.

김대중 대통령

40년도 더 지난 일이다. 1972년 정치학을 공부하면서도 현실 정치에 관해서 잘 몰랐던 나는 여름 한철을 서울에서 보낸 뒤 나와 마찬가지 처지의 학생들이 만든 서클의 문을 두드렸다. 서클 활동에서는 말석이었으나 나는 한국의 민주화를 주장하며 한국대사관 앞에서 시위를 하는 등 운동에 몸을 던졌다.

한편 오사카만국박람회 덕분에 기세등등해진 당시 일본은 '쇼와겐로쿠의 태평(당대인 쇼와 시대를 태평성대였던 겐로쿠 시대에 비유함-옮긴이)'을 이루었다고 할 정도로 번영했으며, 미시마 유키오의 할복과 연합적군파가 벌인 일련의 사건의 어두운 그림자를 불식하고 선진국을 향해 달려가고 있었다.

그즈음 한국은 남한의 '백색 독재'와 북한의 '적색 독재'의 야합이라 할 수 있는 '7·4 남북공동성명' 이후 남북화해를 향한 기대가 높아졌다. 그럼에도 불구하고 한국에는 비상경계령이 내려졌으며 박정희 대통령의 독재에 의

한 ‘유신체제’가 시작되었다. 일본 사회가 탈정치화랄까, 아니 무정치화 경향이 점점 강해질수록 이와 반비례해 한국 사회는 점점 더 정치적인 색깔이 농후해지는, 과정치화라고 할 만큼의 동란에 휩싸였다. ‘독재냐 민주화냐’라는 대립으로 사회는 분단되었다. 이때 민주화의 선봉에 선 사람이 바로 김대중 씨였다.

그런 김대중 씨가 1973년 여름, 백주대낮에 도쿄 중심부의 한 호텔에서 납치당해 구사일생으로 목숨을 건진 후 서울 자택 부근에서 풀려나는 아연실색할 일이 일어났다. 세상의 눈길이 이 비극적인 정치가에게로 모여들었다. 한국중앙정보부가 개입했음이 분명했지만 김대중 씨의 인권과 존엄은 공중에 붕 뜬 채, 한국과 일본의 ‘정치 유착’에 의해 사태는 흐지부지 수습되었다.

자택에서 기자회견을 열고 언론의 질문에 응하던 김대중 씨의 모습을 보고 가슴이 아팠다. 수심이 가득한 찡그린 얼굴에는 멍이 들어 있었고 땀이 비 오듯이 떨어졌다. 얼마나 무서웠을까, 얼마나 아프고 굴욕적이었을까.

“끔찍한 일을 하는구먼. 안됐구로. 김대중 씨는 얼매나 심한 짓을 당했을지…. 한국에서 ‘남산(중앙정보부)’이라카마 심한 짓을 한다 안 카나. 저런 거는 나라의 수치다. 안그런나 센세이.”

여름에 집으로 돌아온 나를 '센세이'라 부르던 어머니는 텔레비전 앞에 앉아 동정과 분노를 숨기지 못한 채 조국의 어두운 현실을 개탄했다.

정치적인 사건이나 일에는 그다지 참견하지 않는 어머니였기에 그 말씀에 기운을 얻으면서도 한국의 민주화를 대표하는 정치가를 바닷물에 빠뜨려 없애버릴 수 있다면 이름 없는 일개 학생 따위야 손가락 하나 까딱하는 것만으로도 간단히 없앨 수 있겠구나 싶었다. 이렇게 생각하니 아버지와 어머니의 나라에 내재된 폭력성이 소름 끼치게 두려웠다. 이제 어떻게 해야 좋을지 도무지 알 수 없었다. 격한 분노가 끓어올랐다. 여름이 끝날 무렵 서클의 친구들과 함께 긴자 한편에 텐트를 치고 단식투쟁을 하기로 했다.

여름 해가 저물녘, 삼삼오오 긴자를 산책하던 남녀노소는 모두 꼬인 데 없이 행복해 보였다. 청춘의 열기에 추동되면서도 행복한 사람들을 부러워하고, 그러면서도 그들의 어떤 부분은 혐오하는 애증을 가진 평범한 젊은이. 그것이 나의 실상이었다. 네온사인이 켜진 해질녘 긴자의 하늘을 올려다보면서 나는 서울의 저녁을 떠올렸다.

이렇게 어딘가 위태로웠던 여름과 달리 조용히 마지막 잔불이 타들어가는 듯한 여름의 기억도 있다.

2009년 8월 18일, 나와 아내는 서울에 있었다. 구름 하나 없이 맑은 하늘, 다 태워버릴 듯 이글이글한 햇빛이 쏟아졌다. 건물 바깥에 나와 있기만 해도 땀이 흘러내릴 정도였다. 그로부터 4년 전(2005년), 김대중 씨에게 도쿄대학 야스다 강당에서 열린 심포지엄의 기조 강연을 부탁드렸다. 그 후 나는 매년 여름 연례행사처럼 김대중 씨의 자택을 방문했다. 하지만 2009년의 여름은 여느 때와 달랐다. 사전에 입원한다는 연락을 받았기 때문에 우리는 병문안도 겸하여 한국으로 향했다.

김대중 씨가 입원한 곳은 서울 신촌에 백악의 전당처럼 늘어선 세브란스병원이었다. 미국 사업가 세브란스의 이름을 딴, 선진 의료 기술과 인력을 겸비한 한국 최고 수준의 이 병원은 안쪽이 마치 작은 마을 하나만 한 크기라서 아내와 나는 깜짝 놀랐다. 그 안으로 쏟아져 들어오는 햇빛으로 병원 전체가 밝은 분위기였기 때문일까. 우리는 이유도 없이 김대중 씨의 용태가 그리 나쁘지 않으리라 믿었고, 분명 만나러 가면 그가 수줍은 듯 웃으며 반가이 맞아줄 거라 생각했다.

하지만 면회 사절이라는 말에 우리의 부질없는 기대는 어디론가 사라져버렸다. 하는 수 없이 우리는 다시 호텔로 돌아가기로 했는데, 돌아가는 택시 안에서 김대중 씨의 서거 소식을 들었다. 비보를 전하는 친구의 울먹이는 목소리가 떨리고 있었다. 나와 아내는 너무나 갑작스러운 비보에 말이 나오지 않았다. 찌는 듯한 더위에 힘겨워 하는 서울의 거리를 그저 멍하니 바라볼 뿐이었다. 향년 85세였다.

36년 전 그가 겪은 비극적인 수난에 내 처지를 겹쳐놓으며 단식투쟁으로 청춘의 분노를 터뜨리던 그 여름의 기억. 나는 일흔을 바라보는 나이가 되었고 김대중 씨는 이제 없다. 여름 바깥 공기와 비례하듯 격해지던 청춘의 에너지도 안개처럼 사라졌다. 하지만 그 열이 잔불처럼 남아 내 몸속에서 여전히 타오른다.

나는 고원의 담백한 색을 띤 풍경 속에서 두 가지 여름의 기억을 계속해서 반추한다.

초여름의 장미와 혹한의 영국

청량한 고원의 여름에는 작은 꽃들이 어울린다. 하지만 그래도 역시 여왕처럼 사람의 눈을 끄는 꽃이 있다. 장미는 그 필두라 하겠다.

장미만큼 전 세계적으로 널리 사랑받으면서 또 노래나 이야기, 신화적 상징 안에서 여러 가지 다양한 이미지를 띠는 꽃도 없지 않나 싶다. 덩굴장미는 왕에 비유되곤 하는데 내게는 아무리 봐도 중세 기사도 이야기에나 나올 법한 비련의 여주인공보다는 남자들을 미치게 만들고 파멸시키는 미모의 여왕이라는 느낌이다. 세상의 전설적인 미녀를 다 모아놓으면 장미의 허와 실이 교차되는 이미지가 완성되리라.

이런 이유로 나는 장미가 싫었다. 손때가 많이 탄 듯하고 수많은 꼬리표가 달려 있으면서 신화의 꽃으로도 숭상받기 때문이다. 사람을 농락하는 매력으로 인간의 정념을 자극하지 않고서는 가만있지 못하는 장미.

장미는 사람 마음 깊숙한 곳에 숨겨진 정념을 백일하

에 끌어내 정체를 폭로하는 신비한 힘을 가졌다. 그러니까 '제발 살려주십쇼' 하고 장미 근처에는 아예 안 가는 것이 좋을지도….

하지만 아내는 달랐다. 튀는 것을 싫어하는 아내가 어째서인지 장미에는 홀딱 반해서 그 강렬한 색깔을 사랑하고 유달리 장미향 향수를 좋아한다. 아무리 이해하려 해도 도대체 이 부분이 이해가 안 된다. 장미는 여자들을 포로로 사로잡는 무언가를 가진 것일까.

이렇게 생각하던 나였는데, 글쎄 '미이라를 잡으러 갔다가 미이라가 되었다'는 말처럼 되어버렸다. 고원에는 '레이크 가든'이라는, 장미로 유명한 곳이 있는데 거기에서 내가 장미의 매력에 농락당했다.

호수를 중심으로 한 몇 개의 정원과 별장지로 이루어진 레이크 가든은 장미 정원으로 유명하다.

어디서인지는 모르지만 레이크 가든의 평판을 들은 아내가 꼭 가봐야겠다고 했다. 바야흐로 계절은 5월 말, 긴 연휴가 끝나고 몰려들던 인파도 어느 정도 물러가 고원은 평상시의 분위기로 돌아왔다.

장미에 그렇게까지 관심은 없었던지라 마음이 썩 내키지는 않았지만, 아내의 끈질긴 부탁에 어쩔 수 없이 갔다가 내 선입견은 완벽하게 뒤집어지고 말았다.

정원 내부에는 영국 '영주의 성'을 본떠 만든 건물이 있는데, 건물 안으로 들어가면 영국식 정원이 눈앞에 펼쳐진다. 정원 앞 테라스의 테이블 석에 앉아 차를 마시노라니 마주 보이는 정원 쪽에서 솔솔바람이 불어와 뺨을 상냥하게 어루만지고 간다. 성의 클래식하고 차분한 그늘과, 테라스를 가로질러 정원에 내리쬐는 오후의 햇살이 선명한 대조를 이루는 가운데 시간은 고요히 흘렀다.

솔직히 말하자면, 나는 영국이라는 나라에 심한 편견이 있었다.

정중해 보이지만 검은 속셈이 있고, 닳고 닳은 속물에 걸핏하면 비아냥이 섞인 위트를 즐긴다. 식민지와 다른 나라에 그렇게 심하게 폭압을 휘두른 주제에 언제나 모르는 척 시치미를 뚝 떼고 우등생인 양 서 있는 느낌이랄까.

이것이 내 안의 영국이다. 이런 이미지는 1970년대 말 2주일 정도 영국에 머무는 동안 더욱 나빠졌다.

20대가 끝나갈 무렵, 독일 유학 중에 생긴 일이다.

어느 날 하숙집으로 지인의 편지가 한 통 도착했다. 당시는 SNS나 이메일이 없었고 국제 통화 요금은 비쌌으니 일본에 있는 사람들과 연락을 취하는 수단은 거의 우편이었다. 편지를 열어보니 '영국에 있는 아내와 아이가 어떻게 지내는지 좀 가서 봐달라'는 내용이었다.

M이라는 지인은 막스 베버 연구회에서 함께 공부하던 사이였다. M의 부인은 아이와 함께 영국에 있는 대학에서 유학 중이었다. M 자신은 영국에 갈 수 없으니 나에게 대신 가서 잘 있는지 봐달라는 것이었다.

아직 EU(유럽연합)가 생기기 한참 전의 이야기다. 같은 유럽이지만 독일과 영국은 제법 멀고 무엇보다 여기저기 '경계선'이 둘러쳐져 있었다.

가난한 유학생인 나는 어느 정도 요금을 내면 유럽 안을 자유롭게 이동할 수 있는 '유레일패스'를 사용해 뉘른베르크에서 쾰른까지 열차로 이동, 쾰른에서 벨기에를 거쳐 한밤중에 도버해협을 건너 영국에 도착했다. 그런데 그제서야 영국에서는 유레일패스를 사용할 수 없음을 알았다. 지금이라면 인터넷 검색으로 간단히 알 수 있는 정보다. 하지만 현지 사정을 잘 모르는 유학생인 나는 그런 세세한 사항까지는 몰랐다.

1970년대 후반, '영국병'이라는 말이 있을 정도로 영국 경제는 바닥을 친 상황이었다. 그렇게 대단하던 대영제국의 후손도 IMF(국제통화기금)의 신세를 져야 할 정도로 영락의 길에 들어섰다. 이는 자연스럽게 거친 공기가 되어 온 땅을 뒤덮었다. 노동자의 파업과 시위가 끊이지 않았다.

런던의 지하철역은 마치 슬럼가를 걸을 때처럼 어두운 기분이 들 정도였다. 청소 노동자들의 파업 때문이었을까. 길거리는 방치된 쓰레기로 악취를 풍겼고, 실업률은 하늘 높은 줄 모르고 상승 중이었으며, 젊은이들에게서는 어딘가 모르게 적의가 느껴졌다.

한때 번영의 극치를 달리던 런던이 마치 예전의 브라질, 아르헨티나, 칠레처럼 가두 시위와 소요가 끊이지 않았다. 영국은 인플레이션으로 정부의 신용도가 떨어진 개발도상국처럼 보였다. 경제적으로 안정되고 위생적이며 질서가 잡힌 서독—무엇이든 '알레스 인 오르드눙Alles in Ordnung(독일어로 모든 것이 순조롭다, 괜찮다는 의미-옮긴이)'이라 말하는 듯한 나라—에서 와서 그랬는지 내게는 마치 패전국이 영국이고 승전국이 독일처럼 보일 정도였다. 그 정도로 영국은 황폐했다. V자 사인으로 나치독일을 향한 반격을 지휘했던 처칠이 살아 있다면 분명 '독일놈들에게 당했구나'라고 독설을 뱉지 않을까 상상을 했을 정도였다.

때는 바야흐로 마거릿 대처가 혜성처럼 나타나 노동당으로부터 정권을 탈환한 순간이었다.

우연히 라디오를 통해 대처의 의회 연설을 들었는데, 고상한 체하는 그 속물적인 내용이 어찌나 듣기 싫던지…. 사회에 기대지 말라. 개인이 분발해 스스로 선택하고 책임을 져라. 그녀의 주장이 그 뒤 세계경제의 흐름을 크게 바꾸는 '신자유주의neo liberalism'의 계기가 될 줄이야. 당시에는 이런 생각을 할 겨를도 없었다.

구소련의 아프가니스탄 침공, 이란혁명, 중월전쟁(1979년 중국과 베트남 사이의 국경분쟁에서 비롯한 전쟁-옮긴이) 등 냉전시대와는 다른 역사의 막이 열리고 있었다. 그렇게 이행하던 시절, 영국에서는 대처가 당시 유럽의 골칫거리였던 스태그플레이션(인플레이션과 저성장의 동시 진행)과 재정 부담에 대해 이른바 '보수 혁명'이라는 처방전을 들고 등장했다.

당시 나는 이 무명의 여성 당수는 막과 막 사이의 에피소드에 잠깐 등장하는 인물로 곧 무대에서 퇴장하리라 보았다. 하지만 대처리즘은 '레이거노믹스'와 함께 신냉전과 신자유주의적 세계 경제의 엔진이 되어 역사를 크게 뒤흔들었다.

M의 부인과 딸은 무사히 만날 수 있었다. M과는 아주 친하다고까지는 할 수 없는 사이였으나 연구회에서 알게 된 M의 깊은 학식에 감명을 받은 나는 그에게 외경의 마음을 품었던 터였다. 그래서 M이 이사할 때는 아내와 함께 가서 거들기까지 했다. 하지만 그는 나보다 일곱 살 정도

나이가 많은 데다 사상적인 바탕도 달랐고 특별히 속내를 터놓고 이야기하는 사이도 아니었다.

그럼에도 불구하고 왜 가난한 내가 쌈짓돈까지 써가면서 M의 부탁을 들어주었는지는 지금도 이해가 잘 안 된다. 그저 사람이란 가끔 그런 식으로 맥락 없는 일을 하기도 하는 생물이라서겠지.

2주 정도의 영국 체재가 끝날 무렵에는 돌아갈 교통비가 부족했다.

영국에서 벨기에로 가는 배를 탈 때, 나는 직원에게 "실은 표 살 돈이 없다"라고 솔직히 말했다. 그러자 그는 "Do you have visible funds?", 그러니까 팔면 돈이 될 만한 무언가를 가졌느냐고 내 손목시계를 쳐다보며 물었다. 시계는 유학하기 전 아내가 사준 것이었다. 어쩔 수 없는 상황이었다. 나는 시계를 내밀며 그걸로 태워달라고 부탁했다.

그런데 한참 만에 그 직원이 나를 쫓아오더니 "알았어. 이것은 너에게 아주 중요한 물건이지? 돌려줄게"라며 시계를 돌려주었다.

고마워하면서 배를 탄 나를 기다린 것은 벨기에의 한겨울 추위였다.

부두에 도착한 때는 한밤중이었는데 독일행 열차는 다음 날 아침이 되어야 탈 수 있었다. 호텔에서 묵을 만한 돈은 당연히 없었다. 할 수 없이 증명사진을 촬영하는 좁은 부스 안으로 들어가 밤을 지샜다. 너무 추워 가진 옷은 다 끄집어내어 겹쳐 입었지만 아무리 해도 몸은 덥혀지지 않았다. 거의 기다시피 해서 겨우 독일의 하숙집으로 돌아온 나는 고열에 시달리며 한 달간을 누워 있어야 했다.

그 뒤 M이 어떻게 지내는지는 알 수 없었다. 영국으로 건너간 아내와 헤어진 후 새로운 가정을 꾸렸지만 어느 날 그 두 번째 부인이 세상을 떠나 '절망스럽다'는 내용의 편지를 끝으로 그와는 연락이 끊겼다.

하지만 수십 년이 지난 후, 영국에서 만났던 M의 아내, 아이와 생각지도 못하게 재회했다. 신간이 나와 사인회를 여는 자리였다. "오랜만입니다"라고 말을 걸길래 위를 올려다보니, 그 두 사람이 내 눈앞에 서 있었다. 사인회가 열린다는 안내를 보고 일부러 찾아왔다고 했다. 조그맣던 따님은 어느덧 훌륭한 어른으로 자라나 있었다. 얼마나 긴 시간이 지났는지, 나는 한순간 현기증이 날 정도였다.

*

나의 작은 모험으로부터 40년 가까이 시간이 흘렀다. 영국은 'EU 탈퇴(브렉시트)'라는 의표를 찌르는 선택을 해

세상의 주목을 끌었다. 하지만 이 영국이라는 나라는 오랜 기간 유럽대륙과 일정한 거리를 두고 세력균형balance of power을 통해 우위를 점하려 했으니 지금의 브렉시트가 결코 갑작스런 정책은 아니다.

프랑스의 동화주의나 독일의 혈통주의 문화와는 달리 영국은 이제까지 다문화적인 요소를 솜씨 좋게 받아들여 내셔널리즘을 뛰어넘는 제국적 문화정책을 취해왔다. 하지만 그런 나라였던 영국조차 동유럽에서 온 노동자와 구식민지에서 온 이민자, 그리고 난민을 배척하는 분위기가 팽배해지고 EU에서 탈퇴한다는 결정을 내리다니…. 새삼 글로벌화가 내포한 융합과 이탈, 통합과 분단의 이율배반성을 느낀다.

1970년대 말 대처의 등장이 그 뒤 세계의 새로운 동향을 선취한 것처럼, 대처의 아류이나 스케일은 작은 정치가들(나이절 패라지나 보리스 존슨 같은)이 다음 시대의 선구자가 될까. 아니면 그들은 그저 우스꽝스러운 광대에 지나지 않을까. 스케일의 차이를 불문하면 일본을 포함해 동양과 서양에 그들과 비슷한 유형의 정치가들이 활개를 친다. 세상 구석구석에 '제 나라 퍼스트' 슬로건이 내걸리고, 사회의 외부 및 이질적인 것에 대한 반감과 혐오가 널리 퍼져나간다.

20세기 초엽, 제국의 수도 런던을 방황하던 문호 나쓰메 소세키도 극동 아시아의 섬나라에서 온 '에트랑제(이방인)'에 대한 눈에 보이지 않는 배타의 벽에 고민하지 않았던가. 소세키는 영국인을 두고 이해할 수 없는 사람들이라고 했는데 아무래도 그들이 좋아지지는 않았던 모양이다. 그가 느낀 굴욕을 런던에서 맛본 적은 없었지만 그래도 나에게는 소세키의 속상한 마음이 얼마간 전해지는 듯했다.

칼라일 박물관 뒤편 영국식 정원만은 그런 소세키조차 매료시킨 모양이었다. 5년 전 나도 거기에 들러 벤치에 앉아 편안한 마음으로 영국식 정원을 바라보았다.

긴 여행으로 인한 피로와 소세키가 한때를 보낸 곳이라는 사실이 주는 작은 고양감에 나는 조용히 기쁨에 젖었다. 붉은 벽돌로 둘러싸인 작은 뜰에는 분홍색 장미가 아름답게 피었고 주위에는 달콤한 향기가 감돌았다. 오래전에 겪은 혹한의 기억이 초여름의 향기에 녹아내렸다.

가루이자와의 레이크 가든에서는 칼라일 박물관의 영국식 정원보다 한층 더 크고 다양한 색깔의 장미가 서로 아름다움을 겨룬다. 고원의 꽃과 나무들과 조화를 이루어 마치 그림엽서에서 잘라내 옮겨놓은 듯한 풍취를 느낄 수 있다.

이런 정원에서 살고 싶다.

내가 이런 생각을 하다니, 처음이었다. 가능하면 내 손으로 영국식 정원을 만들어보고 싶었다.

나의 이런 꿈이 이루어질 것 같지는 않았지만 그래도 일단 우리 집 뜰 담벼락을 따라 덩굴장미의 묘목을 한번 심어보았다. 이 덩굴이 지금은 담을 타고 올라갈 정도로 성장했다. 아침이슬이 하얀 장미 꽃잎 위를 천천히 굴러 아래로 떨어지는 모습을 보면서 꽃잎 위로 얼굴을 살짝 가져간다. 코를 찌르는 달콤한 냄새에 나는 그만 황홀해지고 만다.

클레머티스 같은 나라

존재감이라는 면에서는 장미와 견주어도 손색이 없는 클레머티스. 우리 집 뜰에 클레머티스, 즉 큰꽃으아리를 심도록 추천한 사람은 정원사 '가부키 씨'였다.

가부키 씨는 가부키 배우 같은 얼굴 생김과는 정반대로 진정한 자연스러움을 지향해 정원 가꾸기에 인공 소재를 들이지 않는 사람이다. 아내와 나 또한 가부키 씨의 의견에 찬성했기에 그의 조언을 따라, 약해 보여도 생각보다는 훨씬 튼튼하다는 클레머티스를 장미 옆에 심기로 했다. 클레머티스는 장미와 함께 기는 덩굴을 담벼락 여기저기로 뻗어나가며 보라빛, 연분홍빛 커다란 꽃을 피웠다.

클레머티스의 개화는 빠르면 5월에 시작되지만 감상하기 좋은 시기는 장마철이다. 아침 일찍 외출하는 날이나 울적한 날씨 탓에 머릿속이 안개 낀 것처럼 멍할 때, 혹은 안개비 자욱한 날에 씩씩하게 핀 클레머티스의 보라색 흰색 꽃을 보면 마음이 개운하다.

그도 그럴 것이….

클레머티스의 꽃말은 '여행자의 기쁨'이다. 유럽에서는 여행자를 받는 숙소 현관을 클레머티스로 장식해 여행자의 피로를 달랜다고 한다. 클레머티스는 아첨하지도 않지만 아무렇지도 않은 척 시치미를 떼지도 않는다. 그저 가느다란 덩굴에서 하늘을 향해 담백하고 커다란 꽃을 피워낸다.

내가 그리는 이상적인 국가를 꽃에 비유한다면, 어쩌면 클레머티스와 같은 나라일지도 모르겠다.

장미처럼 가시가 있는 것도 아니고, 커다란 꽃을 피우지만 결코 자신의 존재를 내세우지 않으며, 그윽하고 고상하다. 그러면서도 나름 존재감이 분명하고 사람의 마음을 달래준다. 클레머티스는 실제로는 꽃잎이 없는 모양인데 그럼에도 변형된 꽃받침이 마치 꽃잎처럼 보이는 점도 내게는 매력적이다. '여행자의 기쁨'이라는 꽃말은 현대식으로 보자면 이민과 난민을 비롯해 자신의 처소를 방문하는 '에트랑제', 즉 이방인을 따뜻하게 반기며 위안을 준다는 뜻이라고 할까.

하지만 안타깝게도 전 세계 어디에도 클레머티스 같은 나라는 없다. '여행자의 기쁨'을 주기는커녕 오히려 그 반대다. '여행자의 슬픔'과 '여행자의 불행'을 바란다. 숭고한 이상과 역사를 제창하지만 실제로는 처음부터 끝까지

퍼스트, 퍼스트, 퍼스트의 대행진이다. 난민과 이민에 대해 바늘과 가시로 무장한 듯한 나라만이 눈에 띈다.

좀 뜬금없는 발상인지도 모르지만, UN의 꽃을 클레머티스로 지정하면 어떨까? 그렇게 한 뒤 가장 '클레머티스도'가 높은 나라는 어디인지 매년 조사하고 검증해 발표하는 거다. 나는 가끔 이런 공상의 나래를 펼친다.

내가 이상적이라고 생각하는 나라—그곳은 상처받은 사람, 낯선 사람, 무언가로부터 도망쳐 온 사람, 보다 나은 생활을 하려고 혹은 굶주림을 면하려고 고향을 버린 사람, 대지에서 뿌리 뽑혀 나온 사람들을 클레머티스처럼 따뜻하게 반기고 위로해주는 나라다. 물론 주권을 가지며 국민이라는 공통의 의사를 가진 공동체로부터 성립되는 이상국가는 그 시작부터 내부와 외부를 가르는 어떤 경계가 필요하며, 거기에 배타성이 수반되는 것은 불가피하다는 차가운 시각도 있다. 하지만 그렇게까지 냉철하며 논리적인 철학자 칸트가 『영원한 평화를 위하여』라는 책을 통해 세계시민에 관해 논한 이유는 그 역시 클레머티스 같은 이상국가와 시민사회를 바랐기 때문이 아닐까.

이런 면에서 앞으로 통일될지도 모르는 '코리아' 또한 단순한 '내셔널리즘의 큰 소원 성취'라는 뻔한 스토리로 끝나지 않았으면 한다. 혈기왕성하던 학생 시절에는 '통일'이라는 단어, 뭐랄까 그 말 앞에서 모든 사고가 정지되고, 모든 것이 그 말 하나로 해결될 듯한 마술에 취해 있었다. 통일이 우리의 불우함을 한꺼번에 구제해주리라는 동경을 품었던 그 시절에는 마음속 어디에도 클레머티스 같은 꽃이 들어올 여지가 없었다.

하지만 역사의 달고 쓴 맛을 모두 경험하고 인류사적인 고난에서 힘들게 빠져나와 절멸의 위기에서도 살아남은 민족과 국민이 이윽고 '여행자의 고통'을 초래하는 국가를 만들어 여행자에게 완고한 방어 태세를 취한다. 이러한 어리석고 오만한 행위가 반복되는 듯한 최근 한국의 분위기에 놀라움을 금할 수 없다. 비자 없이도 해외에서 관광객이 들어올 수 있는 제주에 예멘에서 온 난민이 몰리자 한국 국내에서 반反난민 여론이 거세졌다. 민주적인 문재인 정권이 난민 정책으로 비난받는 모습을 보며 EU에서 가장 양식 있다는 독일의 메르켈 수상이 난민 문제로 곤경에 처했던 모습을 떠올렸다.

물론 독일에서 그랬던 것처럼 한국에서도 난민 보호의 움직임은 있다. 하지만 난민의 '방문권', 즉 난민이 나라를 건너갈 권리를 둘러싸고 국론이 분열되기까지 했다. 그러니 일시적으로 경제적인 부담을 각오해야 하는 '통일 코리아'라면 난민 배척의 움직임이 더욱 심해질지도 모른다.

그럼에도 클레머티스 같은 나라에 조금이라도 가까워지기를 바란다.

"세상 어디든 도깨비만 사는 건 아니다."

"정이 없고 못된 사람도 있지만 정이 많고 좋은 사람도 있다."

어머니는 자각하지 못한 채 '클레머티스 같은 나라'의 출현을 바랐던 걸까. 상처받은 이방인들을 달래줄 나라가 이 지구상에 하나라도 있었으면 좋겠다고.

그렇게 생각하면 '통일 코리아' 만세라고 딱 잘라 말하지 못하는 나 자신을 깨닫는다.

물론 분단을 넘어 통일로 가는 것, 그것은 한반도와 해외에 거주하는 동포들에게는 오랫동안 바라 마지않던 소원이다. 하지만 통일로 가는 길이 어떤 방식인지야말로 그 무엇보다 중요하다. 통일로 가는 과정이 융화와 화해의 길이 아니라면 아마도 클레머티스 같은 정치체는 출현할 수 없을 것이다.

신분과 지위를 막론하고 찾아가 그 땅에 거하는 것만으로도 위로받을 수 있는, 그런 나라는 어리석은 이의 꿈에 지나지 않는 것일까. 그러고 보니 칸트는 『영원한 평화를 위하여』에서 방문권을 언급한 적이 있다. 이야말로 진정한 '오모테나시(손님을 극진히 대접하는 일본의 전통이자 2020년

도쿄올림픽 유치 당시의 슬로건-옮긴이)'가 아닐까. 궁극적인 환대. 걸만 번지르르한 '오모테나시'가 아니라 난민이라는 여행자에게 기쁨을 안겨주는 나라에 조금이라도 근접하려 한다면 목표로 삼을 만한 가치가 있지 않을까.

클레머티스는 이상적인 국가에 관해 여러모로 생각하게 하는 소중한 꽃이다.

백작약

봄이 왔다고 반갑게 인사하던 노란 복수초가 어느새 보이지 않는다. 그 대신에 백작약이 모습을 드러냈다. 높이 30~40센티미터 정도의 줄기 끝에 핀 하얀 꽃 한 송이, 수줍은 듯 안쪽으로 말린 꽃잎의 백작약은 홀로 고고한 여왕처럼 보인다.

주말 오후 신문 칼럼, 신간 서적 추천서, 에세이 같은 것을 연달아 쓰고 겨우 한숨 돌리며 서재 유리문 너머 바깥으로 시선을 돌리니 그저께 수줍게 핀 백작약의 하얀색이 한층 더 눈에 띄었다.

가만히 보고 있으려니 아내가 커피를 담은 작은 컵을 손에 들고 신발도 신지 않은 채 그 고고한 꽃 가까이로 다가가 뭐라고 속삭인다. 유리문을 열고 아내를 불렀다. 아내는 조금 놀란 듯한 얼굴로 나를 보더니 어서 오라고 손짓했다.

아직 끝내지 못한 중요한 일이 하나 남아 있었지만 뭐, 한번 가볼까. 조금만 쉬지 뭐. 언제나처럼 일을 미루는 나쁜 버릇이 나왔다. 나는 신발도 신지 않고 아내가 있는 쪽으로 서둘러 갔다.

아내는 백작약의 키에 맞춰 허리를 굽히더니 갑자기 약간 새된 소리로 "서면 작약, 앉으면 목단, 걷는 모습은 백합"이라 한다.

"알지? 이 말."

"잘은 모르지만 들어본 적은 있어."

"그치? 유명한 말이니까."

"근데 언제부터 그렇게 말하게 됐는지 알아?"

아내도 거기까지는 몰랐는지 바로 대답하지 못했다.

"하지만 아버지가 미인의 용모에 대해 이렇게 말씀하셨어."

"그럼 아버님은 딸인 당신에게는 뭐라고 하셨지?"

아내는 한순간, 입속으로 뭐라 중얼거리더니 마침내 하얗고 고고한 미녀를 지긋이 바라보면서 말했다.

"우리 아버지는 말이야, 마리코는 작약이고 목단이고 백합이라고 자주 이야기해주셨어."

농담이라고 하기에도 뭣하고 진담이라고 하기에도 뭣한 이 말에 본인도 내심 뜨악했는지 쓴웃음을 지었다.

"그럼 나는 절세 미인을 아내로 얻은 거네."

"당연히 그렇지."

아내는 내 얼굴을 보지도 않고 대답하더니 백작약을

물끄러미 바라본다.

나는 무심코 웃어버렸다. 아내도 쿡쿡 웃었다.

나는 다시 원고를 쓰기 위해 책상 앞으로 돌아가고 아내는 저녁 준비 전까지의 한때를 가장 좋아하는 독서로 보낸다. 해가 저물고 뜰도 어둑어둑해진다. 밖을 내다보니 백작약이 수줍은 듯 꽃을 닫아 순백색 여왕의 모습은 사라지고 말았다.

이틀 뒤, 백작약 꽃잎이 후두둑 무너지듯 떨어졌다. 그걸 발견하고, 아내도 나도 미녀의 덧없음을 깨달았다. 그것들은 곧 땅으로 돌아가리라.

흰 백합

백합을 사 올 때마다 아내는 매번 나를 나무란다. 하지만 꽃집에 가면 결국 또 사버리는 꽃. <아름다운 하얀 백합>이라는 찬송가가 있을 정도로 흰 백합은 순결의 상징이자 순수의 화신 같은 데가 있다. 하지만 내가 특히 흰 백합에서 헤어나지 못하는 이유는 몸과 마음을 녹일 듯한 향기가 너무 좋아서이다.

감수성이 풍부하던 중학교 시절, 흑인 배우로는 처음으로 아카데미 남우주연상을 받은 시드니 포이티어가 주연한 영화 <들백합>을 보고 배경에 대한 이해는 없이 그저 백합에 대한 신성한 이미지만 가지게 되었다. 영화는 윌리엄 E. 바렛의 동명 소설이 원작으로, 동독에서 미국으로 망명 온 수녀들과 포이티어가 연기하는 방랑 청년의 따뜻한 교류가 마음 깊숙하게 스며드는 작품이었다. 냉전의 최전선에 서 있는 독일의 모순을 품은 수녀들과 인종차별로 인한 슬픈 과거를 짊어진 흑인 청년의 우연한 만남은 신의 섭리에 따라 예비된 것이라 해석할 수 있으며, 백합은 이를 믿는 순백의 마음을 상징한다 하겠다.

이 영화 때문인지, 그 후로도 내게 백합은 항상 신성한 꽃이었다.

1980년대 중반 사이타마현에서 지문 날인 거부 제1호가 되었을 때, 도움의 손을 뻗어주신 아게오합동교회의 고 도몬 가즈오 목사님도 가끔 백합에 관해 이야기하시곤 했다. 종파는 다르지만 목사님도 <들백합>이 의외로 마음에 들었던 모양이다. 그 뒤로도 백합의 순수한 이미지는 내 마음속에 뚜렷하게 새겨졌다.

그런데 백합은 다른 한편으로 에로틱하고 로맨틱한 몽상을 부추기기도 한다. 순수함과 에로스가 동시에 있다니, 모순이 아니라 할 수 없다. 하지만 그 모순이 내 안에도 있어서일까. 흰 백합을 멀리서 바라보노라면 마음이 씻겨지고 정화되는 느낌이 든다.

가까이 다가가면, 그야말로 '코끝에서 뼈까지 닿을 정도의 냄새(나쓰메 소세키, 『몽십야』, 「첫 번째 밤」)'를 풍기는 흰 백합의 고혹적인 매력에 빠져든다.

고원으로 이사온 뒤 처음 맞는 여름, 어느 때보다 놀랍고 기뻤던 순간은 커다란 산나리꽃이 풀숲에서 홀연히 쑤욱 얼굴을 드러냈을 때였다.

처음 보았을 때는 산나리꽃이 너무나 커서 놀랐다. 그

리고 화려하달까, 호화롭달까. 여기에야말로 '디럭스'라는 말을 붙이고 싶을 정도였다.

제 꽃의 무게를 견디지 못해 몸 전체가 기울 정도인 산나리. 주위는 산나리꽃에 아주 잘 어울리는 달고 진한 향기로 가득 찼다. 코를 꽃 가까이 가져가면 한순간 정신이 혼미해질 정도로 강렬한 향기였다.

산나리꽃을 여러 번 자세히 관찰하다 보니, 때로는 바깥쪽으로 말린 산나리 꽃잎이 마치 사냥감을 잡아 포식하려는 불가사리처럼 보였다. 안을 들여다보면 하얀 꽃잎 안쪽에 노란 잎맥이 지나가고 거기에는 자잘한 붉은 반점들이 가득 퍼져 있었다.

그래서인지 나는 산나리에는 살짝 마음이 식었달까.

"왜 자꾸 당신은 흰 백합만 사 와? 바깥에 산나리가 저렇게 많이 피어 있는데(백합, 나리는 모두 일본어로 '유리'다. 흰 백합(시라유리)이든, 산나리(야마유리)든 보통 '유리'라 한다. 집에 '유리'가 가득 있는데 뭐하러 또 '유리'를 사오느냐는 불평이다-옮긴이)."

아내는 의아해한다.

흰 백합, 순진무구한 영혼.

세상을 떠난 아들은 흰 백합을 사랑했다. 이 세상의 더러움과 가장 어울리지 않는 순수한 영혼.

세상의 더러움이 가득 묻었다 해도 순수하게 살 수도 있는 인생은 모르는 채 아들은 젊은 나이에 세상을 떠났다. 지금도 아들의 무덤 앞에 가져가는 꽃은 흰 백합이다.

아내도 언제부터인가 나처럼 흰 백합을 산다. 아들에게는 흰 백합이 어울린다. 아니, 흰 백합이 아니면 안 된다고 우리는 강하게 믿는다. 그러고 보니 산나리의 꽃말 중에는 '인생의 즐거움'이라는 말이 있다.

명랑하게 겨울을 보내다

회갑을 지난 나이에 겨울이 극심하게 추운 고원 생활을 결심하는 것은 하나의 모험이다. 폭설은 그리 많지 않지만 강한 바람이 불면 몸이 부들부들 떨리는 고원의 겨울. 남쪽에서 자라난 나에게는 마치 미지의 세계로 들어가는 것과 같았다.

처음 맞는 겨울에는 고원의 추위가 어느 정도인지 예상할 수 없으니 두려움에 떨며 하루하루 추워지는 감각을 제 몸으로 체험해보는 수밖에 없었다. 추위 속에서 겨울을 참아내는 인동덩굴처럼 말이다.

인동忍冬. 겨울을 참아내는 꽃. 나는 '인동'이라는 말에 계속 신경이 쓰였다. 글자 '忍'이 내 기억 속에 깊이 새겨진 이유는 독일에서 나를 많이 보살펴주던 '진'이라는 타이완 유학생이 '忍'을 좌우명으로 삼아서였다.

실은 내가 뉘른베르크에 가기 1년 전, 나의 지도 교수님이 먼저 그곳을 방문하여 머무르셨는데 그때 진은 나의 은사와 친밀한 관계가 되었다. 뭐가 뭔지 하나도 모르는 와중에 번거로운 수속 절차까지 밟아야 해서 망연자실해 있던 신입 유학생에게 진은 정말 든든한, 뱃길을 안내하는 '도선사' 같은 존재였다. 진은 스스로를 다잡고 금욕적인 생활을 관철하기 위해 붓으로 커다랗게 쓴 한자 하나를 방벽에 걸어놓았는데, 그 글자가 바로 '忍'이었다.

"인이라는 말 알죠? 심장心에 칼刀을 들이대더라도 움직이지 않는 것이 인이에요. 저도 그렇게 되고 싶어서 밤낮으로 애씁니다."

머나먼 이국 땅에서 학문에만 힘쓸 뿐 그 밖의 다른 유혹이나 힘든 환경에 굴하지 않으리라. 진의 말에서 도를 추구하는 한결같은 마음이 강하게 느껴졌다. '忍'이라는 글자에는 구름이 무겁게 내려앉은 날씨가 이어지는 독일의 겨울을 참고 견뎌야 한다는 젊은 유학생의 의지가 새겨져 있었다. 진 또한 분명 인동초를 알고 있었으리라.

당시 타이완은 한국과 마찬가지로 강력한 반공 국가로 알려져 있었다. 조금이라도 진보적인 지식인은 한국과 타이완을 비슷하다고 보았다. 그들에게 두 나라는 어둡고 반동적인 아시아의 '고아'라는 이미지였다. 실제로 전쟁 전부터 일본과 이어진 정계와 우파 인맥, 막후 조정자, 반공 단체가 한국과 타이완의 지배층과 국경을 넘어 연결되어 있었고 서로를 도왔다. 한편, 미국과 접촉하며 중미 국교 회복의 움직임을 보이던 중국(중화인민공화국)은 혁명적이고 해방적인 신흥 세력의 대표라는 이미지가 있었다. 그런데 당시의 중국은 사실 문화대혁명 이후 혼란의 소용돌이 속에 있었다. 마오쩌둥의 권위 뒤에 숨어 문화대혁명의 노선을 견지한 '문혁 4인방(장칭 등 4명)'이 체포되자 대륙은 거대한 혼돈의 도가니로 빠져들었다(1976년 마오쩌둥의 사망 후 문혁 4인방의 체포로 중국은 혼란에 빠져들지만, 이는 이듬해 덩샤오핑의 복권과 집권의 계기가 된다-옮긴이).

'한국적 카테고리'를 표방하고 한국의 민주화에 간접적이지만 참여하려 했던 우리에게도 이러한 이미지는 남아 있었다. 하지만 반공의 반동적 '고아'라고 야유를 받더라도 한국의 민주화 가능성에 희망을 걸어보기로 마음먹었다. 나와 같은 울적한 마음이었겠지만, 말과 태도에서 열심히 살려는 노력이 느껴지던 진에게 나는 조용히 공감했다.

진은 한국과 타이완이 '동지' 같은 관계라 했다. 그가 독일어로 '게노세Genosse', 혹은 '게노센샤프트Genossenschaft'라고 할 때마다 불편한 마음이 전혀 없었던 것은 아니지만 그래도 진의 보통 이상의 친절한 마음에 나는 감사했다. 진에게는 일본을 향한 친근한 마음과 경외심이 있었다. 나의 은사와 친밀한 관계가 된 것도 실은 진이 일본에 상당히 호의적인 마음을 품고 있었기 때문이리라. 지금 생각하면 진은 1990년대 말부터 타이완에 대거 등장한, 일본을 사랑해 마지않는다는 '합일족哈日族'의 성실한 선구자였을지도 모르겠다.

일본땅에서 태어나 일본인 그 자체이면서도 이율배반적인 갈등을 품은 나와 어른스러운 진 사이에는 공감대도 있었지만, 눈에 보이지 않는 틈새 바람 또한 불었다. 이는 한국과는 다른, 더욱 복잡하고 어두운 그늘을 간직한 현대 타이완의 역사 때문이었다.

타이완 본성인本省人(명청시대 중국 남부에서 타이완으로 이주한 한족과 그 후손들. 1945년 이후 대륙에서 건너간 사람들은 외성인外省人이라 부른다-옮긴이)은 일본의 식민지배에서는 해방되었지만, 그 뒤 장제스의 국민당이라는 외부인의 가혹한 '백색 테러'와 폭정이 40년 가까이 이어지는, 계엄령하의 공포정치를 참고 견뎌야 했다. 진의 입장에서는 일본의 식민지배 쪽이 온정적이었으리라. 좋았던 옛날의 풍속과 인정을 추억하는 마음이 더해져 일본을 향한 노스탤지어를 부추겼을 것이다. 진은 이러한 타이완 현대사를 그대로 반영한 듯 그늘지고 금욕적인 성격이었기에 나는 그에게 끌리지 않을 수 없었다.

아직 조국이 계엄령 아래에 있던 진. 가혹한 군사독재

아래의 한국 국적을 가진 나. 타이완과 한국은 모두 일본 식민지배의 역사에서 힘겹게 빠져나와 분단으로 신음하면서도 더 잘살기 위해 몸부림쳤다. 두 나라는 일본에 대한 내적 거리감은 서로 달랐지만, (식민지 해방 이후) 사회주의 국가와 국교가 끊겼다는 점에서는 마찬가지였다.

언젠가 대학의 독일어 시험에 합격한 유학생들을 위해 베를린 버스 투어가 계획되었다. 하지만 진과 나는 참가할 수 없었다. 친하게 지내던 일본인 유학생이 왜 못 가느냐고 이유를 물었다. 당연하게도 내 안에서는 복잡한 생각의 파문이 일었다. 구 종주국 국적자인 일본인 유학생에게는 허락되지만 구 식민지 국적자인 진과 나에게는 닫혀 있는 작은 여행. 내 울적한 마음을 그 일본인 유학생은 절대 이해하지 못할 것이다. 국적과 역사는 어디까지고 나를 따라와 붙잡고 놓아주질 않는다. 그 인과의 사슬에서 나는 언제쯤 해방될 수 있을까. 진도 마음속으로는 나와 같은 생각을 하지 않았을까.

그로부터 10년 뒤 베를린장벽이 붕괴되었다. 그 후 10년이 더 지나서야 나는 NHK의 스태프들과 함께 처음으로 벽 반대쪽에 발을 디뎠다.

이미 관광 자원 가운데 하나가 된 베를린장벽의 잔해 한 모퉁이 벽에 쓰인 낙서풍의 메시지를 보자 유학 시절 진에 관한 기억이 먼 듯 가까운 듯 추억으로 되살아났다.

'忍'이라는 글자에 이끌려, '인동초'에 내 모습을 겹쳐 보려 했던 20대의 끝 무렵. 그 마음은 베를린장벽의 붕괴와 한국의 민주화, 한국과 구 사회주의 국가와의 국교 정상화에 의해 겨우 햇빛을 보았다. 진 또한 이국의 하늘 아래에서 분명 나처럼 감개무량해 하지 않았을까.

그때로부터 약 40년이 흘렀다. 그동안 은사는 돌아오지 못하는 사람이 되었고 진과도 연락이 끊겼다. 문득 돌아보니 나는 이미 회갑을 넘기고 고희를 바라보고 있다. 모든 것이 변했다 하면 변했고, 아무것도 변하지 않았다 하면 변한 게 없는 것 같다.

그럼에도 '忍'을 향한 마음이 모두 없어진 것은 아니다. 청춘의 뜨거운 열을 잃은 지금도 명랑하게 겨울을 인내하는, 밝은 성격의 인동초처럼 그 마음은 형태만 바꾼 채 살아 있다.

*

초여름의 강한 햇살이 뜰 위에 빛과 그늘의 문양을 만들어낼 즈음, 인동덩굴은 달콤한 향기를 풍기며 하얀 꽃을 피운다. 가느다란 통처럼 생긴 꽃부리는 씩씩하게 고난을 견뎌낸 사람처럼 겸손하고 차분하다. 처음에는 하얗게 피었던 꽃이 시간이 지남에 따라 점점 노랗게 변하기 때문에 한 가지에 흰 꽃과 노란 꽃이 함께 있다. 외골수에 한결같아 보이는 인동덩굴이지만 의외로 위트가 있어 은근히 제 삶을 즐기는지도 모르겠다. 혹독한 겨울을 견딜 때도 흰 꽃과 노란 꽃이 서로에게 이야기를 걸며 농을 나눌 것만 같다. 인동덩굴의 또 다른 이름은 '금은화金銀花'이다.

아마도 이 금은화라는 이름에 가장 잘 어울리는 인물은 역시나 김대중 전 대통령이 아닐까 한다.

앞에서도 이야기했지만 김대중 전 대통령의 생애와 인동초라는 별명은 참으로 잘 어울리는 것 같다. 얼어붙는 듯한 겨울 추위를 꾹 참아내는 그의 심지에는 뜨거운 정열이 또아리를 틀고 있다. 그 와중에도 어딘가 딴청을 피우며 겨울의 추위를 즐기는 풍취도 있었다. 김대중 씨는 그런 사람이었다.

야당 정치가로서 두각을 드러냈을 무렵부터 그를 따라다니던 수많은 박해와 탄압, 그리고 회유. 암살 시도나 다를 바 없는 모략에서 구사일생으로 목숨만은 건졌으나 허리를 다쳐 죽을 때까지 한쪽 다리를 절게 된 그는 정치가로서는 볼품없는 모습으로 걸어 다녀야 했다. 그런 그가 죽림칠현竹林七賢처럼 청경우독晴耕雨讀, 유유자적하면서 독서와 사색에 잠기고 취미와 학문, 예술 등에 관한 청담을 즐기며 혼탁한 속세로부터 등을 돌린 채 생활하고 싶었다 하니… 너무나 김대중 씨다운 독백이다.

김대중 씨는 정치를 심산유곡에 피는 순결한 백합이 아니라 진흙탕에서 피어나는 연꽃에 비유했다. 그가 걸어온 인생에서 '천직'으로서의 정치에 대한 강한 의지를 엿볼 수 있다.

왜 정치를 천직으로 여기게 되었느냐는 내 불손한 질문에 김대중 씨는 진지하게 대답했다. 한반도에 사는 사람들의 비극을 덜 수 있는 유일한 방법이 바로 정치라고. 이 말의 배경에는 한국전쟁 때의 끔찍하고 비참한 체험이 요동치고 있었다. 결코 급진적인 사상을 가진 사람이 아니었던 김대중 씨. 오히려 보수적인 성향 또한 가졌으나 분단의 비극을 넘어서겠다는 불타는 정념이 그를 추동했다.

분단을 넘어선다.

그 목표를 힘으로 이루는 방법도 있었을 것이다. 이는 국력을 충실하게 키워 '반공'에서 '극공'으로 가는 선택이다. 민주화보다 국력 증강을 통한 안보체제를 우선 순위에 두는 것은 김대중 씨를 적대시했던 박정희 전 대통령의 방식이기도 했다.

이에 비해 김대중 씨는 민주화야말로 분단을 넘어서

국가 안보로 이어지는 가장 좋은 길이라는 생각으로 사람들을 열심히 설득했다. 한국 국민에게는 스스로 민주화를 쟁취할 수 있는 역량이 있음을 굳게 믿었기 때문이다.

"강상중 씨, 민주주의는 수도꼭지를 틀면 바로 나오는 물처럼 간단하게 얻을 수 있는 게 아닙니다. 민주주의는 공짜가 아니에요. 우리는 민주주의를 얻기 위해 많은 피를 흘렸어요. 나 또한 얼마나 많은 것을 희생해야 했는지…."

거의 울먹이듯이, 평소의 냉정함이 떠오르지 않을 정도로 뜨겁게 이야기하던 내 앞의 노회한 정치가. 그 말에서 자신 때문에 가족까지도 박해를 받고 그 후유증으로 괴로워했던 인생의 그늘이 느껴졌다.

하지만 동시에, 역사의 여신 클리오가 반드시 그들을 향해 미소 지을 거라는 흔들리지 않는 신념을 그는 가지고 있었다. 그런 김대중 씨의 세례명은 『유토피아』의 저자 이름에서 온 토머스 모어이다. 천주교 신자인 그는 결코 정치적 보복이나 복수를 꾀하지 않았다. 어쩌면 그의 마음속에도 '눈에는 눈, 이에는 이'처럼 누그러들지 않는 복수심이 끓어올랐을지도 모르겠다. 용서할 수 없는 이들에게 복수하고 싶은 감정이 머릿속에서 들끓는 순간도 있었을 것이다.

하지만 피랍되어 바다에 던져지기 직전, 하느님께 제

발 목숨만은 살려달라고 기도해 기적적으로 생환한 경험을 한 '토머스 모어'는 복수는 신만이 행할 수 있는 일이며, 자신은 정치가로서 역사와 승부하고 흘러가는 역사의 시간을 견디면 된다고 믿었을 것이다.

"한국 정치판에는 적은 있어도 라이벌은 없어. 이런 정치는 사람의 목숨을 빼앗고, 죽느냐 사느냐를 가르는 전쟁 게임이지. 한국 국내, 그리고 남북 간에 이런 전쟁 게임을 끝내고 정치를 라이벌들의 비적대적 경쟁으로 만드는 것이 내 사명이야."

김대중 씨는 항상 이렇게 말했다. 그리고 "살아 있는 동안 박정희 씨를 한번 만나고 싶었는데, 아쉽다"라고 덧붙이는 것을 잊지 않았다.

만약 두 사람의 회담이 실현되었더라면 몇 가지 비극은 피할 수 있지 않았을까. 김대중 씨는 투쟁하는 사람이라기보다는 화해하는 사람이었으며 이는 '토머스 모어'에 어울리는 태도였다.

이러한 그의 마음은 국내의 폭력적인 리더나 북한에 대해서만이 아니었다. 일본에 대해서도 그러했다.

김대중 납치 사건은 한국과 일본의 정치 유착에 의해 그 뒤로도 공식적인 진상 규명이 되지 않았다. 그의 운명은 희롱당한 것이나 다름없었다. 그럼에도 대통령 취임 후 김대중 씨는 일본 정부에 보복은커녕 오히려 정치적 화해의 손을 내밀었으며, 일본 문화에 대한 깊은 이해를 드러냈다. 일본 대중문화에 대한 '해금'이 이루어지자 이를 비난하는 목소리도 커졌다. 구태여 한일 교류 쪽으로 방향을 틀겠다는 정치적인 결단은 그의 깊은 역사적 통찰에서 나왔다.

"강상중 씨, 이웃나라의 문화에 문호를 닫은 우리나라가 부끄럽다고 하지 않을 수가 없어요. 안 그렇습니까? 개방을 한다고 해서 일본 문화에 잡아먹힐 것 같으면 오히려 그렇게 되는 게 나아요. 우리가 겨우 그 정도의 가치밖에 없다는 거니까요. 하지만 우리는 대국인 중국 옆에서도 동화되지 않고 이렇게 긴 역사와 전통, 문화를 간직해왔어요. 그런 우리나라가 그 정도로 이 땅 위에서 없어질 리가 없잖아요? 그러니 나는 적극적으로 일본 문화에 문호를 개방하는 방침을 세운 것입니다. 그리고 우리나라의 대중문화도 세계로 널리 알려야 한다고 생각했습니다."

그 뒤 한류, K-POP 등 한국의 대중문화가 아시아뿐만 아니라 전 세계로 퍼져 나갔다. 김대중 씨가 시작한 문화 정책의 전환은 한국이라는 나라를 크게 변화시켰다. 그리고 일본에 대한 유화 정책은 미래 지향적인 대일 관계로서 '김대중-오부치 선언' 이라는 한일공동선언(1998년 10월 김대중 대통령과 일본 오부치 게이조 총리대신의 21세기를 향한 새로운 한일 파트너십 공동선언-옮긴이)을 낳았고 한국과 일본 사이의 거리를 좁히는 데 공헌했다.

그로부터 20년이 되는 해에 세 번째, 네 번째 남북정상회담이 열렸고 역사적인 북미정상회담도 마침내 실현되었다.

김대중 씨의 '제자의 제자'뻘 되는 문재인 대통령이 미국과 북한을 중재해 지금은 한국전쟁 종결의 날도 손에 잡힐 듯 가까워졌다. 김대중 씨의 '역사와 승부하고 싶다'던 바람은 당랑지부螳螂之斧가 아닌 동북아시아의 변화를 촉진하는 현실적인 힘이 되었다. 이 모든 것이 인동덩굴처럼 힘든 겨울을 견뎌낸 '忍'의 외길을 걸어온 덕분일 것이다. 모든 일에는 때가 있는 법이다.

말기의 꽃

고원을 채색하는 여러 꽃들. 수줍은 듯 피어나는 작은 꽃. 울창한 숲속에 숨어 피는 꽃. 불쑥 얼굴을 내밀며 반갑게 인사하는 꽃. 홀로 고고하게 피는 꽃. 고원의 여왕처럼 우아하게 피는 꽃.

색과 형태는 각기 달라도 고원의 꽃들은 씩씩하게 피어나 고원의 주민들에게 인생이 얼마나 살 만한 가치가 있는지 가르쳐준다.

어찌해 꽃은 피는 걸까. 어찌해 꽃에는 색이 있는 걸까. 아이 같은 질문을 떠올리게 하는 고원의 꽃들. 고원의 꽃들은 쓰레기로 뒤범벅이 된 듯한 마음을 순수한 동심으로 되돌린다.

"강상중 씨, 꽃이 왜 피는지 압니까? 인간이 10만 명이 죽든 100만 명이 죽든, 꽃은 아무 일도 없었다는 듯 피어날 거예요. 이렇게 아름다운 색으로 말이에요. 이렇게 아름다운 색깔로 사람들을 위로해준단 말이에요. 그저 그것만으로도 사는 의미가 있어요. 아무것도 바라지 않아도 꽃은 피는 거예요.”

가지마 쇼조 씨가 멀리 남알프스의 웅장한 모습을 바라보면서 중얼거렸다. 남알프스와 중앙알프스로 둘러싸인 이나다니(나가노현 남부 텐류강을 따라 펼쳐진 분지. 주위에는 장대한 산지가 형성되어 있다. 남알프스, 중앙알프스는 이 지역의 산맥을 가리킨다-옮긴이)의 거처에서 유유자적하게 노후를 보내던 그는 말년에 ‘이나다니의 노자老子’라 불렸다.

깨달음을 얻은 노자와 같은 풍모에도 불구하고 그는 ‘사바세계’에 대한 마음을 완전히 버린 듯 보이지는 않았다. 자신이 짊어진 ‘업’과 인과를 떨치기 위해 도교에 귀의했지만 인정人情의 세상을 살아야 했던 ‘이나다니의 노자’에게 꽃은 그의 삶을 이 세상과 이어주는 최후의 인연이었다.

봄의 기쁨으로 가득 찬 이나다니의 뜰에는 오래 기다렸다는 듯 꽃들이 활짝 피었다.

뜰 한편으로 안내를 받아 가보았더니 거기 작은 사리탑이 있었다. 주변에는 하얀 조개껍데기로 보이는 것들이 흩어져 있었다.

“강상중 씨, 이건 말이에요. 내가 목숨을 바쳐 사랑한 여자의 유골이에요. 그녀는 독일에서 온 의사였는데 이제 쭉 여기에 있어요. 그리고 나도요….”

나는 그저 입을 다물고 가지마 씨의 이야기를 들을 수

밖에 없었다.

전쟁에서 살아남은 그는 시인을 목표로 했으며 영미 문학자로서, 또 번역가로서 이름을 떨쳤다. 그리고 도교로 귀의한 '이나다니의 노자'…. 그의 생애는 20세기의 격동 그 자체를 보여준다.

꽃은 핀다.

그저 사람을 달래기 위해 꽃은 핀다.

말기의 눈에 보이는 것. 그것이 꽃이라면, 게다가 우리 집 뜰의 꽃이라면 그것만으로도 만족스럽다. 고원에 살다 보니 점점 더 그런 생각이 든다. 정원 한구석에 뼈가 되어 흩어져 꽃들과 함께 지낼 수 있다면….

삶 위로 날며, 꽃들과 말 없는 것들의 말을 애쓰지 않고 알아듣는 자 행복하여라!(보들레르의 『악의 꽃』 수록작인 「상승」의 일부분-옮긴이). 만년의 어머니는 분명히 그런 행복의 경지에 들어섰다. 나도 그 뒤를 따르고 싶다.

제 4 장

우리는 고양이로소이다

루크의 등장

어릴 적부터 개와 친숙했던 나는 압도적으로 '강아지파'다. 아니 정확하게 말하자면 '강아지파'였다고 해야 하나…. 이런 말을 하는 이유는 '강아지파'였던 내가 실은 최근에 '고양이파'가 되었기 때문이다.

열광적인 애견가로부터 이런 배신자, 라며 야단을 맞을지도 모르겠지만, 어쩔 수 없다. 이렇게 된 것도 따지고 보면 다 고원에서 살다가 생긴 내 안의 커다란 변화이니…. 오직 하나 어머니의 가르침을 따르지 않은 것이 있다면 바로 고양이를 키운다는 점이다. 하지만 어머니는 저세상에서 쓴웃음을 지으며 어쩔 수 없네, 하고 용서해주실 게 분명하다.

원래 우리 집은 '묻지도 따지지도 말고 강아지파'였다. 쥐띠인 어머니는 고양이를 무척 싫어하셨다. 아버지도 떠돌아다니는 잡종개를 데려다 집 지키는 개로 삼아 기른 적은 있지만, 고양이는 거들떠보지도 않았다.

특히 고양이를 향한 어머니의 미움은 도를 넘어선 것

이었다. 어머니는 고양이가 불길한 존재이며 집안에 불행을 가져오는 역귀라 굳게 믿었다. 배곯은 길고양이가 살려달라며 애닯게 울어도 어머니는 혐오감을 숨기지 못하고 '쉿, 쉿, 쉿' 하며 쫓아버릴 정도였다. 그런데 그것이 개라면 완전히 대접이 바뀐다. 우리 집에 흘러들어온 개는, 그 개가 어떤 개이건 마다하지 않고 열심히 보살폈다.

이랬던 어머니의 영향으로 나는 고양이를 생리적으로 싫어했다. 어째서였는지 내가 어린 시절에 본 영화에는 고양이 귀신이 자주 등장했다. 그 바람에 고양이는 원령의 화신이라는 무서운 이미지를 갖게 되었다.

그런 고양이에 비해 개는 명랑하고 속셈이 없으며 주인에게 충실하다. 순진무구한 천사처럼 애교를 떨고 주인을 섬긴다. 장난친 것이 들켜 부모님에게 꾸중을 듣고 밥도 먹지 못한 채 집 한구석에서 꺽꺽 울던 어린 내 곁에 다가와 뺨을 핥아주던 보스는 고동색의 잡종 중형견이었다. 내게 보스는 애완동물이라기보다는 고마운 친구였다.

보스는 무리에 섞이지 않고 홀로 다니는 늑대 같은 분위기의 개로 행동은 신중한 편이었다. 하지만 위험을 느끼면 대형견에게도 기습적으로 달려들 정도로 대담했다. 매서운 눈빛의 보스는 믿을 수 있는 주인을 위해서라면 자기희생을 마다하지 않는 순종적인 개였다.

그런 보스를 바지런히 보살피던 사람은 '아저씨'였다. 아저씨가 젊은 시절에 무엇을 했는지는 정확하게 모르지만 동네의 무서운 사람들도 경의를 표하는 '유명 인사'였다. 그런 아저씨가 구역의 이권을 둘러싼 싸움에서 크게 다친 것을 계기로 아버지의 권유에 따라 우리 집에서 같이 기거하게 되었다고 한다.

말주변이 없고 술도 즐길 줄 몰랐던 아저씨가 유일하게 좋아한 것은 담배였다. 아저씨는 스스로를 채찍질하듯 사람들이 꺼리는 일을 1년 365일 거의 쉼 없이 땀흘려 했다. 식민지 시절, 고향에 처자를 남겨둔 채 홀로 일본으로 흘러들어온 아저씨에게는 천애고독의 어두운 그림자가 드리워져 있었다.

그런 아저씨와 보스는 닮은 구석이 있었다. 아저씨도 분명 그렇게 느꼈으리라.

우리 아버지와 어머니, 그리고 아저씨까지 개에게 강한 애착이 있었으니 내 안에는 고양이가 들어올 틈이 전혀 없었다. 덕분에 내게 고양이는 '유해 동물' 같은 이미지로 정착했다.

우리 식구처럼 여기던 보스가 스러지듯 죽었을 때 아저씨가 어찌나 상심하시던지…. 옆에서 지켜보는 것만으로도 가슴이 아파왔다. 아저씨는 보스의 유해에 자신의 모습을 겹쳐 보았던 걸까. 땅바닥에 주저앉아 담배를 피우며 아무 말 없이 그저 깊은 상념에 잠겨 있던 아저씨에게서 보스의 가련한 모습이 떠올랐다.

그런 이유로, 내 삶에 고양이가 들어온다는 것은 정말 상상도 할 수 없는 일이었다. 그런데 내가 아내의 공작에 완전히 속아 넘어가 고양이—성묘가 되면 7킬로그램가량이 된다는 장모종 래그돌을 키우게 된 것이다. 마치 턱받이를 한 듯 북실북실한 가슴털이 난 털북숭이에 덩치 큰 고양이가 우리 집 안을 제 집인 양 돌아다니는 광경을 본다면 아마 우리 어머니는 놀라서 까무러치셨으리라.

내가 집을 비울 때, 아내가 모임 활동을 할 때를 제외한 나머지 시간 동안 아내의 적적함을 달래줄 상대를 찾다 보니 개보다는 손이 덜 가는 고양이가 좋겠다고 후보에 올렸는데, 그럼 시험 삼아 데려와 보는 건 어떠냐는 어정쩡한 아내의 말에 속아서 그만 고양이를 집에 들이게 되었다. 시험 삼아 데려와 본다는 말은 그저 말뿐으로 아내는 이미 주도면밀하게 준비하고, 여러 가지 사항들을 기정사실화했으며, 되돌릴 수 없도록 방어 태세를 갖추고 있었다.

아내가 내민 스마트폰에는 얼굴의 일부가 연한 갈색이고 전체적으로 하얀 인형같이 생긴 고양이 사진이 있었다. 조금 큰 머리에 위로 살짝 올라간 푸른 눈과 동그란 뺨. 고양이 하면 삼색이밖에는 떠올리지 못하는 내게 아내가 좋아한다는 고양이는 이 세상 생물이라고는 생각할 수 없을 정도로 버터 냄새가 나는, 뭐랄까 모조품 고양이 같은 느낌이었다.

"설마 이 고양이를 키우자는 건 아니지?"

아내는 꼭 키우려는 건 아니지만 일단 한번 시험 삼아 집에 들여보면 어떻겠느냐고 했다. 궁합이 맞지 않으면 업자가 데리러 올 것이니 일단 시험만 해보면 어떠냐고 열심히 설득하기에 나도 대충 애매모호하게 대답을 했다.

그런데 그게 그만 발목을 붙잡았다.

내 애매모호한 대답을 동의라고 제멋대로 해석한 아내는 '시험 기간'이라며 마음에 두었던 래그돌을 집 안으로 들였다.

며칠 동안 집을 비웠다가 돌아와 보니 뭐랄까 집 안 분위기가 어딘가 이상했다. 들어서자마자 아내는 나에게 "쉿, 조용히 들어와"라며 입에 손가락을 대고 주의를 준다. 무슨 일인가 싶어 거실을 둘러보니 테라스로 통하는 유리창 커튼이 조금씩 흔들렸다.

"무슨 일이야, 도대체?"

놀라서 멍하니 서 있는데 아내는 아무 말 없이 커튼이

흔들리는 곳을 손가락으로 가리켰다.

“저기 있어, 저기, 저기.”

아내는 기쁜지 심각한지 알 수 없는 얼굴로 속삭였다. 나도 아내를 따라 속삭이는 목소리로 “뭐가 있다는 거야?”라고 묻자, “그거 있잖아, 그거, 래그돌”이라고 아내가 대답한다.

놀란 나는 한순간 말이 안 나올 정도였다. 커튼 뒤에 숨어 바르르 떠는 털북숭이 생물을 보고는 간이 떨어질 뻔했다. 크기가 닥스훈트 정도 되어 보이는 그 생물은 머리는 커튼 안쪽으로 밀어넣은 채 제 몸길이와 맞먹을 정도로 긴 꼬리를 힘없이 축 늘어뜨리고 바들바들 떨고 있었다.

이것이 우리 집 아이돌, 수컷 고양이 루크와의 첫 만남이었다. ‘루크는 이렇게 멋지게 등장’은커녕 한심스런 데뷔 무대였다.

루크는 그 뒤로도 일주일 정도 우리 앞에 모습을 드러내지 않았다. 대신 서랍장 안쪽의 좁은 곳이나 상자 안, 사람 눈에 잘 띄지 않는 서재의 구석에 종일 숨어 있었다. 그래도 한밤중이 되면 밖으로 나와서 먹이를 먹고 물을 마셔 배는 충분히 채우는 모양이었다. 아침에 일어나서 보면 양이 눈에 띄게 줄어 있었으니까. 이런 상태이긴 했지만, 얼굴도 잘 보여주지 않는 신경질적인 래그돌을 하는 수 없이 받아들이기로 했다.

드디어 우리 집의 새로운 주민도 환경에 적응한 모양이었다. 우리가 보고 있어도 조심스럽게 눈치를 보며 다가왔다. 하지만 아주 작은 소리만 나도 깜짝 놀라서 빛이 들지 않는 창고나 침대 밑, 서재의 한구석에 몸을 숨기려 든다. 생후 6개월 된 고양이치고는 커다란 몸을 흔들며 달아나는 토끼… 아니 생쥐 같은 모습은 가련하다고 할까, 익살스럽다고 할까….

개는 먹이를 주면 살랑대며 가까이 다가오고, 머리를 쓸어주면 기뻐하며 꼬리를 흔들어 애정을 표현한다. 그런데 이건 뭐냐고. 고양이는 억지웃음조차 지어주지 않는다. 아니, 오히려 경계심을 드러내며 부리나케 도망가서는 숨어버린다. 개와 고양이의 이런 차이에 나는 새삼스레 놀랐다.

하지만 그와 동시에 지금까지 상상하지 못한 '반려동물' 생태의 한 단면을 접하고 신선한 충격도 받았다.

당연히 '강아지파'가 대세일 거라고 착각을 해온 내가 느끼는 놀라움은 어린 시절 고양이를 기른 적이 있는 아내는 절대 이해하지 못할 것이다.

"어쩔 수 없지, 뭐. 이 고양이는…. 그러고 보니 이름을 아직 안 지어주었네. '이 고양이'라고 할 수는 없으니 뭔가 좋은 이름 없을까?”

이름에 관해 이야기한다는 것은 이미 이 고양이를 기르기로 결정했다는 뜻인가…. 속으로는 수긍할 수 없었지만 안팎으로 이미 준비를 다 끝내놓았기 때문에 이제는 더 이상 무를 길이 없었다.

“음, 그럼 ‘루크’는 어때?”

“루크? 좋네. 수컷이기도 하고 부르기도 쉽고. 루크는 누가복음의 ‘누가’를 뜻하지?”

“응, 맞아. 우리 집까지 왔는데 이름도 없으면 불쌍하지.”

“좋아, 아주 좋은 이름인데? 그럼 루크로 정하자. ‘루’라고 짧게 불러도 괜찮을 것 같고.”

『누가복음』은 복음서 중에서도 가장 가열차고 엄격하다. “나는 불을 지상에 던지기 위해 왔다. 이미 불타고 있었더라면 하고 나는 얼마나 바라왔던가. 당신들은 내가 평화를 가져오기 위해 지상에 왔으리라 생각하는가. 당신들에게 말해두지. 그렇지 않다. 오히려 분열이다(12장 49-51절. 『성서』, 일본성서협회, 1986년).”

이 문구를 처음 보았을 때 나는 곤봉으로 머리를 얻어맞은 듯한 충격을 받았다. 이렇게 가열차고 용서가 없나 싶어서 말이다. 사랑과 평화의 이미지는 무너져 내렸다. 심판과 다툼의 이미지가 부상할 정도였다.

하지만 예수는 "내가 받아야 할 세례가 있다. 그리고 그것을 받기 전까지 나는 얼마나 고통을 겪을까(12장 50절)"라고 덧붙인다. 이는 예수가 모든 죄인의 죄를 대속하기 위하여 십자가에 매달려 고통받는 것을 의미한다. 분열이란 무엇인가. 이는 십자가 위의 사랑을 받을까 받지 않을까에 관한 것이다. 타협 따위는 완전히 배제된 양자택일의 결단을 강요한다.

신학적 해석에 관해 뭐라고 이야기할 자격은 내게 없다. 하지만 나는 분명 누가의 이 문구에서 선열한 인상을 받았다. 동시에 십자가의 사랑을 받아들이지도 거부하지도 못하고 우물쭈물하면서 때로는 마음속에 품은 제 나약함을 자조적으로 즐기고 그것을 피난처로 사용하는 약아빠진 자신에 관해서도 알고 있다.

이는 소세키의 『문』에 나오는 주인공이 문 안으로 들어가지도, 거기서 멀어지지도 못한 채 그 앞에서 서성이는 모습과 닮았다.

김대중 전 대통령도 세례를 받았으나 마음속에 갈등을 품은 채 아무리 노력해도 십자가의 사랑을 받아들일 수가 없었다고 한다. 그런 자신에 대해 술회하는 육성에서 노회한 정치가 안의 '보통 사람'다움을 본 듯했다. 하지만 중앙정보부에 납치당해 바다에 던져져 사라지기 직전, 그저 하느님의 사랑에 매달릴 수밖에 없었던 그는 놀랍게도 사경에서 생환했다. 그리고 예수의 깊은 사랑을 확신함과 동시에 정치가로서의 사명을 다시 한 번 각성할 수 있었다.

그 후 김대중 씨는 노회한 마키아벨리스트적 권력을 어떻게 조종해야 하는지 그 방법을 꿰뚫고 있으면서도 정치적인 보복을 하지 않겠다는 의지를 관철시켰다. 그를 죽음으로 몰고 갔으며 폭력으로 무고한 민중을 희생시킨 권력. 현대 한국의 역사는 그러한 피비린내 나는 정치적 폭력과 보복의 역사였다. 그에게는 항상 칭찬이든 악담이든 세간의 평판이 따라다녔다. 일부는 진실도 섞여 있었을지 모른다. 하지만 그는 십자가의 사랑을 받아들이고 죄 많은 진흙탕 같은 정치판에서 스스로 생명을 불태웠다.

친구냐 적이냐.

양자택일밖에는 선택지가 없는 정치판에서 십자가의 사랑을 받아들일 여지는 없었다. 거기에는 보복의 연쇄밖에 남지 않았음을 김대중 씨는 잘 알았으리라. 그렇다면 그 악몽 같은 연쇄를 어떻게 하면 끊어낼 수 있을까. 포교와 종교 활동에 의해서가 아니라, 권력의 냉철한 지혜가 필수불가결한 세속 정치를 통해 어떻게 하면 진정한 화해와 평화를 실현할 수 있을까.

김대중 씨는 현대 한국의 역사를 물들인 보복의 연쇄가 세계를 양분하는 냉전의 논리에 기반함을 누구보다 빨리 깨달았다. 그래서 숙적인 북한을 방문하겠다는 결정을 내리지 않았던가. 분단이야말로 한반도의 비극이자, 이 지치지 않고 행해지는 보복의 연쇄 뒤에 숨은 원흉이며, 이 상황에서 벗어나는 것이야말로 정치가인 그에게 주어진 임무였다.

이러한 자세는 노무현 전 대통령으로 이어졌다. 하지만 그 비극적인 최후는 김대중 씨의 정치적 유산이 다하고 한국이 다시 보복의 정치로 돌아갔음을 의미했다. 그러나 10년 뒤 100만 명이 넘는 사람들이 참여한 평화적인 촛불 집회로 이명박, 박근혜로 이어진 구체제 정권이 퇴장하고 다시금 김대중 씨의 유산을 이어받은 문재인 대통령이 등장했다.

김대중 씨의 뜻을 이어받은 문재인 대통령이 남북과 북미 사이를 중재하는 역할을 하지 않았다면 남북정상회담도 북미정상회담도 현실화되지 못했을 것이다. 한반도 그리고 동북아시아를 둘러싼 격변은 분명 이 지역의 분열 체제와 보복의 뿌리를 끊을 징후가 되리라.

기가 약한 고양이에게 루크라는 이름은 아깝지 않을까? 아니, 그렇게 부르면 새로운 우리 가족도 그에 걸맞은 모습으로 성장해갈 것이다. 이런 기대 속에서 나는 고양이 이름을 루크라고 지었다.

나는 수수께끼로소이다

한 달이 흘러 루크의 몸가짐에도 변화가 생겼다. 바들바들 떨며 제 기척을 숨기고 구석에 숨어만 지내던 루크가 언제부터인지 뻔뻔한 얼굴로 온 집 안을 척척 활보한다. 제가 원하면 배를 드러낸 채 누워 골골 목구멍을 울리며 몸을 쓸어달라 요구할 정도니….

뭐가 이렇게 뻔뻔한가 싶어 무심코 굳은 표정을 짓기도 하지만 결국엔 '루-짱' 하고 그야말로 고양이에게 아첨하듯 목에서 배까지 쓸어주는 나. 내가 봐도 우스꽝스러워졌구나 싶다. 분명 루크에게는 정체를 알 수 없는 마력 같은 것이 있는 모양이니 참으로 신기하다.

래그돌은 '봉제 인형'이라는 뜻이다. 이름에서 미루어 짐작할 수 있듯 래그돌은 사람이 안아주는 것을 좋아한다. 그래서 우리 루크도 그렇지 않을까 싶었는데 웬걸 루크는 완벽하게 반대였다.

껴안고 머리를 쓰다듬어주려 하면 '갑갑하니까 안 하면 안 돼?' 하듯 안간힘을 쓰며 버둥거리다가 스르륵 양팔 사이를 빠져나가 저 멀리 훌쩍 가버린다.

"여보, 루크 좀 특이한 것 같아. 손을 안 대고 그냥 내버려두면 어느새 내 뒤쪽으로 다가와 슬쩍 스치고는 또 멀리 물러나…. 귀엽다고 안아 올리면 너무 가까워서 싫은 모양이고. 잠시도 가만히 있지를 못해. 흥 하고 얼굴을 돌리고 멀어져가니까 말이야. 나도 잘 모르겠어."

"정말 당신 말대로야. 같이 있고 싶은지 떨어져 있고 싶은지 잘 모르겠어."

루크와 어느 정도 거리를 유지하면 좋을지…. 무엇보다 이런 걸로 고민한다는 것이 아내는 뜻밖이었다고 한다. 아내에게도 이 정도인데 '강아지파'였던 나에게는 어떻겠는가. 정말 상상도 못 할 일이었다.

루크는 수수께끼다.

배를 드러낸 채 누워 쓰다듬어달라고 조르는 루크는 어린아이처럼 천진난만하다. 하지만 품에 안고 스킨십을 하면 스르륵 도망가버리는 루크. 그러다가도 내 뒤로 다가와 순간적으로 스킨십을 하고 슬쩍 멀어져간다. 수수께끼라 하지 않을 수 없다.

그뿐이 아니다. 아침이 되면 나른한지 바늘처럼 가느다란 동공을 하고서는 신발장 위에 앉은 고양이 장식품처럼 조금도 움직이려 하지 않는다. 그런데 밤이 되면 동공을 동그랗게 열고 거실의 이쪽 끝에서 저쪽 끝까지 마치 무언가에 씌인 것처럼 맹렬한 속도로 질주한다. 그 움직임은 사냥감을 노리는 표범을 연상하게 한다.

하지만 낮이라도 모르는 사람이 누르는 '딩동' 초인종 소리에는 감전이라도 된 듯 깜짝 놀라면서 후다닥 계단을 뛰어올라 2층으로 도망간다. 이런 우스꽝스러울 정도로 겁쟁이 같은 모습을 보면 이 얼마나 못난 녀석인가 싶다.

아내 말로는 나를 태운 차가 집 가까이 다가오면 2층에서 슬슬 내려와 신발장 위로 올라가서는 나를 기다린다고 한다. 이럴 때는 또 얼마나 기특한지 무심코 루크의 뺨을 비비고 싶어진다.

"신기하지. 아직 소리도 안 나는데 당신이 탄 차인 걸 어떻게 알았는지 아래로 내려와서 기다린단 말이야. 당신이 아니면 훌쩍 2층으로 도망가버리거든. 고양이에게는 무슨 초능력 같은 거라도 있는 걸까? 아니면 특별히 루크만 그런 걸까?"

개를 기르던 시절, 개를 수수께끼라 생각한 적은 한 번도 없었다. 우선 집에서 기르는 개에게 가까이 가기 위해 사람이 아첨을 한다는 발상은 해본 적도 없다. 개는 사람을 너무 잘 따르기 때문에 신비한 부분이 거의 느껴지지 않는다.

그런데 고양이에게는 정체를 알 수 없는 무언가가 있다. 특히 루크에게는 말이다.

최후의 선을 넘어 좀 더 스킨십을 하면 딱 잘라 거절하는 루크는 완고하다 싶을 정도의 방어 태세를 갖춘다. 이런 면이 오히려 루크에게 신비로운 분위기를 더해 나는 거기에 끌려다니며 헤어나지 못한다. 멀리서 보면 마치 만난 듯 보이지만 실은 결코 만나지 않는 철로의 평행선처럼 어딘가 안타까운 구석이 있다. 루크는 우리 집의 아이돌인 것이다.

언젠가 루크가 식탁 위로 훌쩍 뛰어 올라와 밥공기와 접시와 국그릇들 사이를 슬렁슬렁 걸어 다니는 바람에 깜짝 놀란 적이 있다. 제 몸길이만큼 길고 북슬북슬한 꼬리털이 밥과 국에 떨어지는데, 아마 우리 어머니가 보셨다면 제정신을 잃을 정도로 놀라셨을 것이다.

아무리 그래도 이건 아니다 싶어서 나는 "루크, 안 돼" 하고 언성을 높였다. 하지만 루크는 한순간 멈칫하더니 '왜 화를 내는지 이해가 안 되는데?' 하듯, 죄 없는 비둘기가 아이들의 콩알총(콩을 총알로 하는, 대나무로 만든 장난감 총-옮긴이)에 맞아 깜짝 놀란 듯 눈을 동그랗게 뜨고 나를 쳐다보았다. 그러고는 부엌과 식탁 사이를 가르는 카운터 테이블 위로 훌쩍 뛰어올라 그 위가 좁다는 듯 식기와 향신료,

꽃병 사이를 이리저리 솜씨 좋게 지나간다. 얼마나 경쾌하고 율동적인 움직임인지…. 나는 감탄하지 않을 수 없었다.

뚱뚱한 스모 선수가 발레 슈즈를 신고 화려하게 춤추는 듯한 광경을 보며, 서로 어울리지 않는 데서 오는 매력에 새삼스럽게 감탄하는 나.

"아유, 이 녀석. 여기를 그렇게 돌아다니면 안 되지. 나쁜 아이네. 안 돼, 안 돼, 안 된다고, 루크!"

아내는 언성을 높이면서 루크를 째려보았지만 눈으로는 웃고 있었다. 아내도 루크의 유머러스한 움직임에 매료된 듯하다.

그렇지만 먹을 것을 달라고 조르는 루크에게는 정말로 현실감이 있어서 신비한 수수께끼 같은 건 싹 사라져버린다. 그때의 루크는 참으로 평범하달까, 흔한 반려동물이 된다. 루크는 부엌에 있는 아내 곁으로 다가가 낮은 소리로 울며 떼를 쓴다. 가끔은 발을 물기도 한다. "빨리, 빨리, 항상 주던 거 그거, 그거 달라고. 아, 정말 눈치가 없네"라고 안하무인에 뻔뻔한 얼굴로 재촉한다.

아내도 쩔쩔맨다. 그뿐이 아니다. 냉장고에서 레토르트 참치를 꺼내 건식 사료에 섞어 주지 않으면 '흥' 하고 옆으로 고개를 돌리고 다시 발밑으로 와서 졸라대는 루크의 오만함에 아주 질려버렸다.

얼핏 보면 연약한 데다가 낯도 가리는 래그돌 루크가 때로는 자기 마음대로 배회하고 주인의 다리를 물면서 먹을 걸 조른다. 그러다가 뭔가 사연이 있는 듯한 얼굴로 보이지 않는 곳으로 가서는 모습을 슬쩍 감추고 나오지 않으니 어느 것이 진짜 루크인지 짐작이 가지 않는다. 생각지도 않은 곳에서 다가왔다가 다시 몸을 돌려 멀어지는 그 절묘한 거리감은 얄미울 정도다. 어떤 때는 방충망 앞에 오도카니 앉아 신선한 바깥 공기의 흐름 속에서 물아의 경지에 빠져들기도 한다. 루크의 생태에는 백 가지 모습이 있는지, 수수께끼는 날로 깊어질 뿐이다.

파트너

기는 약하지만 의외로 대담하고 또 섬세한 루크. 수수께끼이자 움직이는 모순덩어리 루크는 때때로 몹시 구슬픈 분위기를 자아낸다.

특히 작은 테라스로 나가는 유리문 앞에서 물끄러미 바깥 풍경을 바라보며 돌처럼 움직이지 않는 루크에게서는 숙연함이 느껴질 정도다. 앞발을 나란히 쭉 뻗고 가만히 앉아 있는 뒷모습을 바라보면 얼굴 표정을 알 수 없는 만큼 더욱 고독의 그림자가 드리워진 듯 보인다.

아내도 루크가 안타까워 어쩔 줄 몰라했다.

단순한 동정인 줄 알았던 내 생각은 너무나 얄팍했다. 그동안 아내는 글쎄, 호시탐탐 우리 집에 다른 고양이를 데려와 루크의 친구로 삼을 생각을 했다.

"당신이 없을 때, 안쪽 집 까망이가 또 몇 번이나 왔는지 알아? 루크가 얼마나 정신이 없었다고. 뭔가에 씌인 것처럼 아주 난리법석이야. 까망이도 말이야, 루크를 한참 쳐다보더라고. 까망이가 움직이니까 루크도 그쪽으로 쫓아

가서 유리문을 긁지 않나, 까망이가 가버렸는데도 계속 어디 갔는지 찾지를 않나, 어찌나 불쌍하던지…. 당신도 어떻게 좀 해주고 싶지, 응?”

“그러게. 뭐라도 해주고 싶네.”

아내는 기다렸다는 듯이 루크의 친구 후보에 대한 ‘시험 기간’을 제안해왔다. 안 좋은 예감이 들었지만 아내의 얼굴을 보니 이미 정해진 모양이었다. 어떻게 내가 손쓸 틈도 없이 다 끝나 있었다.

이리해 루크의 친구가 등장했다. 고양이를 싫어하던 사람이 어쩌다가 두 마리나 키우게 됐는지…. 이건 비극을 넘어 희극의 경지에 다다랐다고 할밖에는…. 아니, 이러다가 우리 집이 ‘고양이 저택’이 되어버리면 어떡하지…. 불안해하는 중에 루크 친구의 행차 날이 왔다.

야생 살쾡이와 단모종 집고양이를 교배해 나온 벵갈에 가까운 고양이. 루크와 마찬가지로 수컷에 월령도 비슷했다.

하지만 예리하고 사나운 얼굴에 본래 주인에게 버려졌다가 살아남은 강인함에서 연유한 것일까…. 루크를 훌쩍 넘어서는 야성미와 생존 본능을 가진 듯한 고양이였다.

그러나 아내의 기대는 처참할 정도로 빗나갔다.

새 고양이를 들일 때는 신중에 신중을 거듭해야 한다.

어린 수컷 사이의 궁합은 최악인 경우가 많다고 하니 말이다. 비교적 조용한 품종인 루크에 비해 친구로 온 고양이는 살쾡이의 야성미가 남아 있는 벵갈에 가까웠다. 게다가 주인에게 버림받고 고생한, 속세의 차가운 바람을 견디며 살아온 닳고 닳은 수컷이다…. 둘의 궁합은 아무리 좋게 보려 해도 좋을 리가 없었다.

새로 온 파트너가 모습을 드러내자마자 루크는 욕실 근처 창고 속으로 쏜살같이 도망치더니 몸을 숨긴 채 밖으로는 한 발짝도 나오지 않았다. 벵갈은 강한 경계심 탓인지 처음에는 카우치 소파 아래에 몸을 숨겼다. 하지만 먹이와 물을 자유롭게 먹고 마실 수 있음을 깨닫고 나자 어느새 거실 중앙에 진을 치고 앉아 마치 자기야말로 우리 집의 고참이라는 듯 태연자약한 모습이었다. 그러니까 이 녀석은 루크에 비해 배짱이 좋은 편이었다.

파트너의 등장 이후, 하루가 지나고 이틀이 지나도 루크는 물도 마시지 않고 먹이도 먹지 않았으며 창고 안에서 그저 숨죽인 채 움직이지 않았다.

이쯤 되니 아내도 걱정이 된 모양이었다.

창고 문을 열고 루크가 어쩌고 있는지 살펴보았다. 루크는 어둠 속에서 슬픈 듯 신음 소리를 내며 원망스런 눈초리로 우리를 바라보았다.

이런 루크였지만 나흘째가 되자 배가 고프고 목이 말랐는지 조심스럽게 창고 밖으로 나와 벵갈이 있는 소파에서 멀리 떨어진 거실 한편을 살금살금 지나 물과 먹이가 있는 장소로 가려 했다.

아내와 나는 부엌에 숨어서 그 모습을 엿보았는데, 못난이 루크의 모습은 정말 실망스러웠다.

"죄송합니다, 형님. 여기 좀 지나가겠습니다"라는 느낌으로 벵갈에게 어찌나 비굴하게 허락을 구걸하는지, 그 모습이 한심하달까, 속상하달까. 우리는 루크가 너무 불쌍해서 어쩔 줄을 몰랐다.

벵갈은 이런 볼썽사나운 루크를 무시하는 척하면서 노려보았다.

이래서는 안 되겠다. 어떻게든 해야겠어.

"좋아, 이렇게 되었으니 일단 두 사람을 아니 두 마리를 붙여보면 어떨까?"

"응? 그렇게 해도 괜찮을까? 괜히 엄청난 일이 생기는 거 아니야?"

"하지만 시험 기간은 1주일 아니었어? 이제 시간이 별로 안 남았는데 분명하게 해두는 게 좋지 않을까?"

굳이 말하자면 참을성 없는 내가 결단을 내리는 바람에 루크는 큰 화를 입고 말았다.

나는 루크가 몸을 숨긴 창고 가까이로 벵갈을 안고 가서 창고 안으로 넣어보려 했다. 순간 루크는 마치 전류가 온몸에 흘러 경련을 일으킨 것처럼 '후냐아' 하고 소리를 지르더니 허겁지겁 뛰쳐나와 거실 커튼 뒤로 쏜살같이 달려가 머리를 숨기고는 꼼짝도 하지 않았다.

이 얼마나 한심한 녀석인지. 하지만 또 얼마나 불쌍한 녀석인지. 아내의 얼굴에는 겁쟁이 루크의 모습에 질려하면서도 불쌍해하는 표정이 역력했다. 루크에게 파트너를 마련해주려던 우리의 시도는 이렇게 불발로 끝나고 말았다.

나의 파트너, 다시 한 번

때아닌 폭풍우가 한차례 몰아친 뒤, 루크에게도 겨우 혼자만의 평안이 찾아온 줄 알았는데 요새는 테라스 쪽 방충망 앞에 가만히 앉아 생각에 잠기는 때가 많아졌다. 드물긴 하지만 그런 때에 안쪽 집 까망이가 테라스로 성큼성큼 걸어 들어와 루크 앞을 지나가기라도 하면 큰일이다.

루크는 금세 안절부절못하고 여기저기 두리번거린다. 까망이가 루크 얼굴을 보다가 눈이라도 맞으면 아무 말 없이 둘은 서로를 노려본다. 그렇게 노려보다가 문득 실이 툭 끊어진 것처럼 까망이는 '흥' 콧방귀를 뀌는 듯한 표정으로 루크를 무시한 채 다시 성큼성큼 걸어 시야에서 사라져간다. 루크는 까망이의 뒷모습을 계속해서 좇으며 앞발을 방충망에 걸친 채 한동안 움직이지 않는다.

그 침묵의 순간에 두 고양이가 어떤 시그널을 주고받았는지, 나로서는 알 길이 없다. 하지만 추측하건대 "너 임마, 어정쩡해 가지고 말이야. 그렇게 북실북실한 모피옷을 입고 집 안에만 있냐. 나처럼 밖으로 나와보란 말이야, 얼간아." 이렇게 까망이에게 놀림을 받고도 뭐라 반박할 말을 찾지 못한 루크가 "나도 바깥에 나가고 싶지만 나갈 수가 없단 말이야"라는 건지도 모르겠다.

"여보, 벵갈이 없어져서 루크가 안심한 것 같지? 근데 안 그래. 루크는 말이야, 이따금 방충망 쪽으로 가서 계속 바깥만 쳐다보고 꼼짝도 안 한다고. 역시 외로운가 봐."

"그러게, 심심할지도 모르겠네. 계속 집 안에만 있으니까. 하지만 바깥나들이에 맛들이면 길냥이처럼 될지도 몰라. 어쩔 수 없잖아. 낙원을 나가면 자유는 있지만 언제 어떻게 될지 모르는 거라고. 불쌍하지만 바깥 세상을 모르는 게 행복할지도 몰라."

낙원. '지상낙원'이라고 하면 1950년대 말부터 80년대 중반까지 재일조선인을 북한으로 보내던 '귀환 사업(재일조선인 북송 사업-옮긴이)'이 떠오른다. 왜 일본인을 포함해 9만 몇 천 명이나 되는 사람들이 '지상낙원'이라 찬양되던 북한으로 귀환하기 위해 바다를 건넜을까. 이 드물게 일어나는 '민족 이동'의 배경에는 국내외의 다양한 단체와 조직, 그리고 국가의 계획과 의도가 복잡하게 얽혀 있었다.

전후를 대표하는 여배우 요시나가 사유리의 출세작 <큐폴라가 있는 거리>(우라야마 기리오 감독, 1962)라는 영화에도 전후 계속되는 불경기에 신음하던 저변 재일조선인들이 실낱같은 희망을 품고 '지상낙원'행 북송선을 타기 위해 니이가타항으로 가는 열차에 오르는 장면이 나온다. 배웅 나온 이웃과 친구들이 기다란 깃발을 들고 "만세! 만세!" 외치는 모습은 일본 전국의 재일조선인 취락에서는 익숙한 광경이었다.

일본인과 재일조선인의 이 '아름다운' 관계는 비극의 시작이기도 했다. 지금 생각해보면 참으로 기괴한 광경이었다. 왜냐하면 대부분의 재일한국인, 재일조선인은 그들의 고향, 즉 조상이 대대로 묘를 쓰던 곳과는 전혀 상관없는 38도선 이북의 나라로 '귀환'했기 때문이다. 이 이동은 정확하게는 '내국 이민'이라 불러야 한다. 같은 '코리아'라 해도 가본 적도 없고 일가친척도 살지 않는 곳으로의 이동이었다. 그러니까 일본 사람으로 비유하자면 규슈밖에 모르던 사람이 어느 날 갑자기 홋카이도로 가서 정착하는 셈이었으니 기후도 환경도 알 수 없었을 것이다.

그럼에도 왜 재일조선인은 북으로 향했을까. 적극적으로 북송을 추진한 단체와 조직, 이들을 지원한 정당과 조합, 또 그렇게 되도록 유도한 국가와 그에 준한 행동을 한 기관들…. 여기에는 한국전쟁 후 심화된 냉전 등 동북아시아를 둘러싼 복잡한 요인이 맞물려 있다.

북송 사업이 중지된 지 35년 가까이 흐른 오늘날 북한은 '지상낙원'은커녕 '이 세상의 지옥'과도 같은 불량 국가로 간주된다. 고이즈미 준이치로 전 수상의 방북으로 일본인 납치 사건이 밝혀진 이후 북한은 뱀이나 전갈처럼 그저 싫은 증오의 대상이 되었다.

테러, 습격, 무기 밀수, 자금 세탁, 그리고 무고한 시민을 납치하는 북한을 아직도 '지상낙원'이라 부르는 사람이 있다면 해가 서쪽에서 뜬다고 하는 상식 없는 사람일 뿐이다. 어디에서도 북한을 감싸야 할 이유 따위는 찾아볼 수 없으리라.

하지만 '지상낙원'에서 '이 세상의 지옥'으로 극과 극을 달리는 북한의 이미지, 그 표상에 문제는 없었을까.

이 문제에서 나는 거의 흔들리지 않았다. 아니, 줄곧 일관적이었다고 생각한다. 1970년대 초엽 처음 한국을 방문한 이래, 나는 '한국적 카테고리'에 속하기로 선택했기 때문이다. 당시 계엄령하에 있던 타이완과 함께 지극히 반동적인 반공 국가, 어두운 군사독재 국가로 간주되던 38도선 이남의 나라에 '민주화'의 원형극장을 설정하기로 선택한 나였기에 '지상낙원'이라는 북한의 선전 문구에 끌린 적은 없었다.

무엇보다 마르크스의 호적수였던 막스 베버에 경도

되어 있었으니 '지상낙원'이라는 속임수에 대한 '지적 해독제'는 이미 복용한 셈이기도 했다. 볼셰비키혁명의 어두운 미래에 경종을 울린 『러시아혁명론』과 제1차 세계대전 끝 무렵의 강연 '사회주의', 그리고 사회주의와 전체주의로 통하는 국가관료제의 병리를 서술한 「지배의 사회학」 등 베버의 비관적인 예측은 내 마음을 두드렸다. 어두운 방에 스스로를 가두고 사춘기를 보낸 탓인지 나는 말하자면 '밝은' 마르크스보다 '어두운' 베버에게 강하게 끌렸다.

당시 나에게 북한은 '지상낙원'이 아니라 오히려 '동토의 공화국'에 가까웠다. 하지만 북한에도 울고 웃는 사람이 있음은 틀림이 없다. 진흙처럼 생기를 잃은 산송장들만 있는 것이 아니다.

또 언제 붕괴해도 이상하지 않을 텐데 여전히 연명해 가는 저 강인한 생명력이 어디에서 유래했는가를 폭력과 강압적인 통제만으로 설명할 수는 없지 않을까? 무엇이 그 지배의 정통성을 지지해온 것일까? 또 아무리 북한이라 해도 산 사람들의 집합체인 이상 거기에는 끊임없는 변화가 있을 터이다. 마치 곤충 표본처럼 핀으로 고정시키고 해부한 후 '이것이 북한이다'라고 진단하는 행위야말로 가까운 이웃 국가를 있는 그대로 이해하는 데 방해가 되지 않을까?

'지상낙원'은 환상이며 존재한 적 없는 픽션이었다. 정말로 그것은 거짓이었다. 그럼에도 불구하고 그 몽상에 희망을 걸고 많은 사람이 찾아갔다는 사실은 부정할 수 없다. 왜일까? 어디에도 존재하지 않는 고향을 찾아가는 사람들의 마음속으로 비집고 들어가 그들의 동기를 자세히 이해하고, 그 모든 허구를 밝혀내는 작업은 아직 시작되지 않았다. 북한에 관해서는 아직 그만큼의 '거리 감각'이 작용하지 않기 때문이다.

하지만 남북정상회담과 북미정상회담이 실현되면서 북한에 대한 '거리 감각'이 조금씩 생기는 것 같다. 이는 '지상낙원'도 아니지만 단순히 '지옥'도 아닌, 있는 그대로의 북한에 가까이 다가가는 것을 뜻한다.

안타깝게도 루크는 '지상낙원'인 우리 집에 머무르게 하는 수밖에 없다. 바깥으로 나다니게 했다가 길 잃은 고양이라도 되어버리면 고원의 겨울을 견뎌내지 못할 것이기 때문이다.

그러면서 속으로는 생각한다. 사람이 멋대로 실내에 가둬버리면 고양이 입장에서는 작은 친절로 커다란 민폐를 초래하는 일이 아닐까 하고 말이다. 그래도 루크가 어느 날 갑자기 휙 사라져버리면 어쩌나 하는 불안감이 앞선다. 조금은 달관했다고 생각했는데 우리 고양이에 관한 것이라면 '고민 상담소'에 뛰어 들어가고 싶을 정도로 이렇게 저렇게 궁리하게 된다.

"겨울이 엄청 추우니까 말이야, 루크는 밖에서 못 살아."

아내도 루크를 집 안에 머무르게 할 정당한 이유를 찾는다.

내 멋대로 이런저런 상상을 하다 보니 루크가 불쌍해진다. 어쩌면 루크는 태어나 처음으로, 제 스스로 자기가 어떤 존재인지 고민하는 것은 아닐까. 혼자 있을 때보다 더 고독한 심경이 된 것은 아닐까. 나는 이렇게까지 생각했다. 이런 생각도 결국에는 기르는 사람, 인간 멋대로 하는 상상에 지나지 않을 것이다. 루크는 어디까지나 느긋하게, 특별히 무슨 생각을 하는 게 아니라 그저 멍하니 있는 것인지도 모른다.

하지만 루크의 마력은 계속해서 내 상념을 자극해 내가 그의 무료함을 달래주기 위해 무언가를 해야 한다고 느끼게 하는 것이다. 이는 아내도 마찬가지였다. 아니, 아내는 나보다 한층 더 앞서 나갔다. 이미 동물 애호가를 만나 상담을 했다. 아내에게 두 번째 '시험 기간'에 관한 제안을 듣고 이제 그만 좀 했으면 싶었지만 이상하리만치 첫 시험 기간에 관해 들었을 때와 같은 저항감은 없었다. 루크가 불쌍하니 뭐라도 해야겠다는 마음이 앞섰기 때문이다.

“있잖아, 이번에는 말이야, 일본에서도 흔한 고등어태비야. 왜 짙은 고동색에 검은 줄무늬가 있고 머리에는 검은 M자 선이 있는, 루크랑 나이가 비슷한 고양이라는데 어때? 이번에는 암컷이고 조용한 편이래.”

‘어쩔 수 없지…’ 하면서도 역시 조금은 걱정이 되었다. 과연 이번에는 루크와 잘 지낼 수 있으려나….

루크의 새 파트너 후보가 우리 집에 오는 날이었다. 일을 끝내고 집에 와보니 집 안의 공기가 평소와 달랐다. 미묘한 긴장감이 팽팽하게 감도는 분위기라고 할까. 아내는 말없이 눈으로 신호를 보냈다. ‘그녀’는 소파 뒤쪽 구석에 숨어 바들바들 떨며 몸을 둥글게 말고 가만히 있었다.

내 기척 때문이었을까. 그녀는 머리를 들어 나를 보고는 더 깊숙한 곳으로 숨어들어 가려 했다. 딱 봐도 경계심이 커 보였는데 지난번 주인에게 심한 일을 당했다고 한다. 어딘가 애틋하고 갸륵한 데가 있었다.

아내와 나는 호흡을 맞춰 가능한 한 소리를 내지 않으려 했지만, 그만 손에 쥐고 있던 스마트폰이 바닥으로 떨어지고 말았다. 쾅 소리가 나자 순간 놀라서 펄쩍 뛰어오른 고등어태비는 도망가는 토끼처럼 문 옆 구석으로 달려갔다.

그 모습은 마치 작은 물개가 배를 출렁이며 달리는 것 같았다. 고등어태비는 보자마자 바로 알 수 있을 정도로 배가 빵빵하게 부풀어 있었는데 비만 같았다.

"이 아이 배가 제법 나왔는데? 정말 루크랑 나이가 같아?"

"그러게, 그게 그렇다는 거야. 식탐이 아주 많아서 엄청 잘 먹는대. 배가 나왔으니까 달리는 건 어떨지 몰라도 촉촉촉 하고 종종걸음을 칠 때는 은근히 빨라."

"흠, 그럼 루크는 지금 뭐 해?"

아내는 입을 다문 채 욕실 창고 쪽으로 눈짓을 한다. 정말이지, 이제 나도 질렸다. 아내도 질렸다는 표정을 지었지만 일순 참았던 웃음이 터져 나왔다.

우리가 괜한 잔꾀를 부리지 않아서였는지, 아니면 고등어태비가 암컷이라 벵갈만큼 사납지 않아서인지 모르지만 다행히도 루크는 둘째 날이 되자 주변을 살피며 언제나처럼 성큼성큼 방 안을 걸어 다녔다.

고등어태비는 경계심을 풀지 않고 미묘한 거리를 유지하면서 하루 온종일 소파 아래에 떡하니 버티고 앉아 있었다. 출렁거리는 배를 옆으로 누인 채 나오려 하지 않았다. 그래도 달그락달그락 먹이 주는 소리가 들리면 '영차' 하고 튀어나온 배를 들어 올리며 밥그릇 앞으로 척척 걸어

나온다. 그뿐만이 아니다. 소식하는 편인 루크는 매번 조금씩 먹는데, 고등어태비는 자기 것을 다 먹고도 부족한지 루크의 밥그릇에까지 입을 대고 우리가 갈팡질팡하는 사이에 그릇을 싹 비워버리는 왕성한 식욕을 자랑했다.

"아니, 얘 말이야. 진짜 깜짝 놀랐잖아. 루크 것까지 다 먹어치우는 거야. 걸어가는 걸 보면 있지, 좌우로 흔들리니까 위에서 봐도 배가 바깥으로 튀어나오는 게 보일 정도라고. 이렇게까지 식탐이 있을 줄은 생각지도 못했네."

아내의 경탄인지, 한탄인지 알 수 없는 말을 고등어태비는 아는지 모르는지 "우엥- 잘 먹었당, 잘 먹었엉. 진짜 맛있당" 하고 중얼거리는 듯 보인다.

루크는 루크대로 고등어태비가 걸신들린 듯이 먹어치우는 모습에 압도당했는지 멀리서 물끄러미 지켜볼 뿐이었다. 될 대로 되라는 느낌이었다.

그런데, 이변이 일어났다.

고등어태비가 루크의 화장실에서 변을 보려 할 때였다. 텔레비전 앞을 가로질러 보드 위를 걸으며 고등어태비를 지켜보던 루크가 마치 사냥감을 습격하는 표범처럼 몸을 굽히더니 살금살금 고등어태비에게로 접근했다. 그러더니 갑자기 몰아치는 바람처럼 재빨리 고등어태비의 등 뒤를 덮쳤다.

"후갸아아앙!" 단말마의 외침이 들려왔다. 고등어태비는 죽을힘을 다해 도망가 소파 뒤에 몸을 숨겼다.

느닷없는 절규에 아내와 나는 깜짝 놀랐다. 무엇보다 루크의 모습에 한 번 더 놀랐다. 마치 '내가 용서할 줄 알았느냐, 이놈! 내가 가만 안 둘 거야' 하고 우렁차게 외치듯 고등어태비를 한 번 노려보더니 추격을 시작했다. 루크의 내면에 이런 공격 본능이 깃들어 있다니, 상상조차 하지 못한 일이었다.

그 뒤로 루크는 뭐랄까 활기를 띠었다. 몇 번이고 고등어태비를 건드렸다. 그럴 때면 아무런 예고도 없이, 아무 소리도 내지 않고 조용히 습격하기 때문에 싫은 기분이 들 정도였다.

그러자 이번에는 고등어태비가 불쌍했다. 처음에는 내가 손을 내밀어 살살 어루만지려고만 해도 경계심을 늦추지 않았지만, 먹이를 주는 동안 잘 따르게 되어 이제는 내 손을 날름날름 핥아준다. "이제 그만하자"라고 말하고 싶을 정도로 몸을 밀착하고 골골 목을 울리며 장난을 친다.

이 모습에는 아내도 감동할 정도였다. 아내가 손을 내밀어 가볍게 쓰다듬어주려 하면 처음부터 잘 해줬기 때문인지 무릎 위로 올라와 끝도 없이 장난을 친다. 그러면 다시 루크가 슝 하고 달려와서 고등어태비를 덮친다. 당황한 고등어태비는 탁자 구석으로 몸을 감춘다. 루크는 금강역사처럼 우뚝 서서 그 모습을 노려본다.

"당신 봤어? 그렇게 쿨하던 루크가 이런 행동을 하다니. 루크에게도 질투심이 있었나 보네. 새로운 발견인데?"

"정말 그러네. 루크가 사실은 정이 많은지도 모르겠어. 그걸 고등어태비처럼 직설적으로 표현을 못 하는 걸지도…."

"그러게, 분명히 그랬을 거야. 재미있다, 고양이는…. 그런데 루크는 됐고, 고등어태비에게도 이름을 지어줘야 하지 않나? 뭐 좋은 아이디어 없어?"

"그러게, 이 고양이는 촉촉촉 걸으니까 '초코라'라고 하면 어떨까?"

이리해서 루크와 초코라는 한 지붕 아래서 동거하게 되었다. 가끔 발작처럼 루크가 초코라를 덮치면 그때마다 초코라의 절규가 들리고 주변에는 털 뭉치가 날아다니기도 하지만 점차 그런 일도 줄어들어 둘은 기묘한 공생 관계가 되었다.

2018년 4월 27일. 규슈 출장에서 돌아온 나는 아내가 녹화해둔 영상을 재생하면서 꼼짝않고 화면을 바라보았다. 때때로 텔레비전 앞을 루크가 천천히 성큼성큼 가로질러 갔다.

한국과 북한의 두 리더가 손에 손을 잡고 판문점의 남북으로 갈린 경계선을 넘나드는 장면에 루크의 실루엣이 겹쳐지면서 기묘한 감동이 나를 덮쳤다.

2000년, 비행기의 트랩에서 내려오는 김대중 대통령을 김정일 위원장이 아래에서 마중하던 모습을 보았을 때는 헤아릴 수 없이 북받쳐 오르던 감정을 누를 수 없었는데 이상하게도 이번에는 식은 채였다. 정확하게 말하자면 감동의 덩어리가 차가운 껍데기 속에 싸여 있는 듯한 기묘한 감각이었다.

2000년의 그날, 둘도 없이 소중한 친구는 그 감동적인 남북 화해의 장면을 보지 못하고 세상을 떠났다. 어머니를 보내고, 죽마고우와 아들이 먼저 저세상으로 떠났다. 문득 정신을 차리니 나는 고희의 나이를 바라보고 있었다.

인생의 연륜, 세월이 머릿속을 가로지른다. 그럼에도 감동의 불꽃이 꺼진 것은 아니다. 한국전쟁이 발발한 해에 태어나 고희를 바라보는 지금 전쟁의 종결을 이 눈으로 볼 수 있을 것 같으니까.

루크는 내 마음을 아는지 모르는지 만면에 웃음을 띠고 두 리더의 모습에 예의 쿨한 눈길을 흘깃 던졌다. 그러고는 소파 밑의 초코라를 노려보았다.

"여보, 그렇게 가까이서 보면 눈에 안 좋은 거 알지? 조금 떨어져서 봐. 잘 됐다, 그치? 당신 말처럼 될 것 같네."

"그러게 말이야. 하지만 아직은 진행 중이야. 앞으로도…."

"모든 것은 진행 중이니까."

오늘은 무슨 일인지 루크와 초코라는 서로 경계하면서도 가까이 앉아 서로를 쳐다보고 있다.

제 5 장

고향에 관하여

조용한 각오

그것은 실로 기시감 넘치는 광경이었다.

남북을 가르는 군사경계선 위의 판문점에서 판문각 문이 열리고 억센 경호원들로 둘러싸인 젊은 독재자가 검은 인민복 차림으로 천천히, 커다란 몸을 출렁이며 계단을 내려온다. 남쪽 경계선 가까이에 선 한국의 대통령. 경호원들이 새끼 거미들처럼 주위로 흩어지자 홀로 된 독재자는 만면에 미소를 머금고 경계선 위에서 자신을 기다리는 파트너에게 다가간다. 둘은 굳은 악수를 나눈다. 역사적인 제3회 남북정상회담이다. 마음이 들뜨지 않을 수가 없다.

하지만 어딘가 마음의 심부가 식어 있다. 비유하자면, 몸의 표면은 감정이 고양되어 뜨겁지만 깊은 곳까지는 열이 전달되지 않아 차갑게 식은 상태이다.

2000년 6월은 달랐다. 몸 깊은 곳에서 솟아나는 감격으로 몸과 마음이 가득했다. 나는 눈물을 흘리며 흐느껴 울었다. 돌아가신 아버지와 투병 중인 둘도 없는 친구의 이름을 몇 번이고 떠올리며 말이다. 만감이 교차하는 가운데 마음 한가득 보상을 받은 느낌이었다. 한국전쟁의 해에 태어나 쉰 살을 목전에 두고 '끝나지 않는 전쟁'의 끝을 볼 수 있으리라 생각했다.

전용기 트랩을 천천히 걸어 내려오는 김대중 대통령과 마중 나온 북한의 2대 독재자. 주위를 빽빽하게 메운, 목이 쉬도록 환영 인사를 연호하던 북한 군중. 그 광경을 보는 내 머릿속에는 젊은 학생 시절의 추억이 주마등처럼 스쳐갔다.

백주 대낮 도심 호텔에서 당시 한국중앙정보부 요원에게 납치당해 한국 민주화 과정의 '비운의 정치인'이라 불리던 김대중 씨. 보잘것없는 힘이지만 그가 풀려나기를 바라며 긴자 스키야바시에서 단식투쟁하던 나에게 김대중 씨는 특별했다. 그런 김대중 씨가 한국 대통령이 되어 역사상 처음으로 평양 땅을 밟은 것이다. 역사의 인과를 느끼지 않을 수 없었다.

김대중 납치 사건으로부터 약 30년 뒤, 한국전쟁 이후 딱 반세기가 지났을 때 나는 국립대학 교수가 되었다. 방송에 논객으로 출연해 사람들에게 알려졌다. 두 아이까지 얻었으니 순풍에 돛을 단 인생을 걷는 듯 보였으리라. 하지만 아버지와 어머니, 은사님, 둘도 없는 친구를 먼저 떠나 보내고 정신적인 병을 가진 아들과 지내며 마음속 어딘가 공허함을 느끼고 있었다.

아내의 애정이 구원이었다. 우리 부부의 사이가 마냥 좋았던 것은 아니지만 그럼에도 아내의 헌신적인 지원이 없었다면 내 마음은 더욱 황량했을 것이다.

오십 줄에 들어 '천명을 안다'는 지명의 나이가 되었으나 나는 미로 속에서 그저 멍하니 서 있을 뿐이었다. 그리고 남북정상회담…. 그것은 마치 땅바닥에 쭈그리고 앉은 죄 많은 범부에게 '역사의 천사'가 내려온 듯한 순간이었다.

그리고 그로부터 그럭저럭 20년 가까운 세월이 흘렀다. 나는 고희를 바라보게 되었고 가족도, 사회도, 세계도 변했다.

무엇보다 사랑하는, 하나밖에 없는 아들이 이제는 가고 없다. 자식을 먼저 떠나보낸 부모의 비애는 말로는 다할 길이 없다. 죽은 자식의 나이를 세는 부질없는 짓도 괴롭고 그저 잊히기를 바랄 뿐이다. 하지만 그러면 그럴수록 사랑하는 이의 기억은 그 윤곽이 뚜렷해졌다.

동일본대지진이 초래한 엄청난 수의 죽음과 남겨진 이들의 상실감에 내 처지를 겹쳐 보면서 고도성장으로 채색된 전후의 장미빛 시절은 이제 완전히 끝났음을 실감했다.

사회의 분위기가 많이 바뀌었다. 떠도는 폐색감, 분

리, 적대감이 칼집을 빠져나온 칼처럼 노출되는 일도 드물지 않으며 소수자를 향한 '헤이트(증오)'도 일상적인 풍경이 되었다. 납치 문제라는 역겨운 국가 범죄의 충격, 과거의 역사를 둘러싼 한국과 일본의 갈등도 어두운 그늘을 드리웠다.

새로운 세기의 낙관적인 공기는 사라지고 냉소적인 무력감만이 떠도는, 불안과 딱 달라붙은 평온이 보이지 않는 피막처럼 사회를 덮었다.

그리고 나도 변했다. 보고 싶고, 알고 싶고, 느끼고 싶은 것이 아니라 반대로 보고 싶지 않고, 알고 싶지 않고, 느끼고 싶지 않은 것들을 많이 보고 알고 느꼈기 때문일까. 나는 '닳아빠진 속물'이 되었다.

'시시포스의 굴레'라는 그리스 신화에서처럼 바위를 산 정상까지 필사적으로 밀어올린다. 이제 조금만 더 밀면 정상에 올려놓을 것 같은 순간 바윗덩이는 제 무게를 이기지 못하고 바닥으로 굴러떨어진다. 다시 한 번 처음부터 정상까지 밀어 올려 됐다 싶은 순간 다시 바위는 바닥으로 굴러떨어진다. 처음부터 다시 반복하는, 영원히 끝나지 않는 이 고행이 사람의 일생이며 인간의 역사가 아닐까.

이것이 지금 내 심경이다. 더 이상 낙천적으로 이상과 행복을 축복할 수 없게 되어버렸다.

하지만 다른 한편으로는 헛수고임을 알면서도, 바윗덩이를 조금이라도 더 위로 올리려는 작업을 지속하는 수밖에는 다른 길이 없다는 것도 안다. 뻔뻔할 만큼 솔직한 마음이기도 하고, 결의라고도 할 만한 어떤 각오가 내 마음속에서 흔들리고 있었다.

역사적인 남북정상회담, 그리고 그것을 이끌어낸 북미정상회담. 이는 단순한 국제정치 사건에 머물지 않고 좀 과장을 섞어 말하자면 내 일생의 의미와 관계가 있다. 한국전쟁의 해에 태어나 그 전쟁의 종결을 이 눈으로 확인한다면 나는 전쟁과 평화 사이를 산 것이 된다. 이렇게 생각하면 조용한 고양감이 내 안에서 퍼져 나가는 걸 느낀다. 이는 눈을 감는 그날까지 '시시포스의 굴레'가 계속되리라는 달관을 동반한 각오 같은 것이다.

치열하게 살아가는 그곳이 고향이다

쓸쓸한 표정으로 아리랑을 부르던 어머니의 모습이 떠오른다.

"푸른 밤하늘은 별의 바다요, 사람의 마음은 근심의 바다요."

우리는 고민하면서 길 위를 살아갈 수밖에 없다. 길 위의 인생을 살아내기에 적당한 곳이 있다면, 그곳이야말로 고향이 아닐까. 나는 그렇게 생각한다. 자신이 태어난 장소, 자라난 장소만 고향이 아니다. 오히려 끝나지 않는 길 위를 살아내자고 결심한다면 어떤 장소건 고향이 된다.

어머니가 그랬다.

나는 어머니에게 "어머니 고향은 어디예요?"라고 한 번도 정식으로 물어본 적이 없다. 하지만 만년의 어머니는 더 이상 당신이 태어난 곳, 어린 시절을 보낸 곳으로 돌아가고 싶어 하지 않았다.

"여기가 고향이데이, 여기서 열심히 살았다 아이가. 열심히 사는 곳이 고향이제. 안 그렇나."

어머니의 말씀에는 일말의 쓸쓸함과 함께 여기까지 걸어온 길에 대한 한없는 긍지가 깃들어 있었다. 살았다, 살아냈다는 자부심이 어머니의 표정에서 흘러넘쳤다.

하지만 거기에는 고독의 그늘 또한 드리워져 있었다. 아버지가 돌아가셨을 때 어머니는 얼마나 슬퍼하시고 또 얼마나 상심하셨던지…. 온몸으로 쏟아내듯이 격정적으로 통곡하는 어머니. 어머니는 그저 비탄에 잠겨 울고 또 울었다. 부부라는 인과의 깊이, 그 운명적인 유대에 숙연해졌다.

“사람은 말이다, 알몸으로 나서 알몸으로 가는 기라. 너거 아버지가 그랬고 나도 그렇데이.”

어머니의 말씀에는 사는 것은 함께할 수 있어도 태어나는 것과 죽는 것은 각자 따로일 수밖에 없는 인간의 인과가 담겨 있었다. 아버지를 비롯해 당신과 동세대를 살아온 소중한 사람들은 이제 없다. 성취감과 고독감은 만년의 어머니가 죽음을 준비하는 동안 마치 그림자처럼 붙어 떨어지지 않았다.

생애의 반려를 잃고 홀로 고독한 가운데 인생의 고리를 이어 완성하듯 여행을 떠난 어머니와 달리 나는 지금도 부부라는 관계 속에 산다. 하지만 두 사람 다 영원히 살 수는 없다. 나도 그렇고 아내도 마찬가지로 어머니가 걸어간 길을 똑같이 따라갈 것이다. 그런 예감이 움튼다. 아버지와 어머니가 그랬던 것처럼 우리 사이에도 여러 그늘이 왔다 갔다. 혈연으로 이어진 관계가 아님에도, 부부처럼 감정의 주름 구석구석까지 볼 수 있는 관계는 달리 존재하지 않을 것이다.

그래도 결국에는 혼자 남겨질 것이다.

우리는 지금 죽음을 준비하기 위한 계절을 맞이하려 한다. 지금 생각해보면 '산'에 살고 싶어진 것도 고독이 눈에 띄게 드러나는 도회지가 아니라, 고독을 즐기는 삶을 나누고 각자의 최후를 맞이하기 위한 절묘한 거리감이 필요했기 때문이다.

"정말 열심히 살았다. 애썼다. 아주 수고했어."

고원의 마지막 거처에서 고독의 그림자를 느끼며 스스로에게 이런 말을 건넬 때를 기꺼이 기다린다.

나오며

인정과 '식食'. 이 책을 쓰는 동안 항상 내 머릿속에 있던 어머니의 말씀이다. 산다는 것은 '먹는 것'이며 가난한 시대, 먹을 것을 얻기 위해 사람의 정, 연민의 정에 매달릴 수밖에 없었던 어머니에게 인정의 유무는 사람을 구분하는 근거였다. 가난에서 해방되어 포식하는 시대가 되었지만 어머니는 인정과 동정과 '식'에 대한 고집을 버리지 않았다. 시대가 변하고 환경이 바뀌었지만 인정, 동정, '식'의 삼위일체는 어머니의 인생 그 자체였으며 어머니의 가르침은 이 세 가지로 집약된다.

중년을 넘기고 가족이 늘어나고 그럭저럭 사회적인 지위를 얻은 나는 언제부터인가 어머니의 가르침에서 멀어졌다. 어머니의 가르침은 가난이 습관이던 시대의 유산처럼 보였기 때문이다. 이는 힘든 시대를 회고하기 위한 추억의 실마리로는 쓸 수 있지만 현재를 살아가는 나에게는 그저 오래된 '옛날 물건'으로밖에는 여겨지지 않았다.

하지만 아이러니하게도 어머니에 대한 기억이 조금씩

열어지고 어머니가 그리운 추모의 대상이 되어가던 무렵, 나는 다시 한 번 어머니의 가르침으로 돌아갔다.

가장 사랑하는 아들의 죽음이라는 비극 앞에서 나는, 내가 태어난 날을 저주하고 싶었다. 검은 태양으로 닫힌 세계에서 나는 반만 살아 있는 껍데기였다. 죽음이 삶을 침식해가는 느낌이 온몸으로 퍼져 나갔다.

그런 느낌 속에서도 삶이 죽음에 승리했음을 자각할 수밖에 없었다. 분명히 너무 슬퍼 물 한 방울, 쌀 한 톨 삼킬 수 없었는데, 정신을 차려보니 나는 이미 먹고 있었다. 살아가는 기력을 잃었음에도 입을 움직이고 이로 씹으며 질긴 섬유질 음식마저도 목구멍 안쪽으로 삼켰다.

"인간은 어떤 때라도 묵어야제. 살아 있으마 마 묵는 기라. 묵으마 뒤로 나오지. 아무리 힘든 일이 있어도 살아 있으마 그런 기라."

마치 귓전에서 속삭이듯, 어머니의 가르침이 되살아났다. 의기소침한 내가 어머니에게는 한심하고 불쌍해 보인 모양이다. 내 인생 처음으로 이런 모습을 드러낸 것이었다. 이는 내 안의 교만과 긍지가 안개처럼 사라지고 그저 불쌍한 아버지가 되었음을 뜻했다.

그럼에도 나는 먹기를 멈추지 않았다. 배설 또한 멈추지 않았다. 삶의 의욕이 죽음에의 유혹을 이겼다.

회갑을 지날 즈음 다시 한 번 어머니의 가르침을 마주했을 무렵, 대지진과 쓰나미 그리고 원전 사고가 연속적으로 일어나 거대한 비극이 수많은 무고한 사람들을 덮쳤다. 살아남은 사람들은 주먹밥 하나로 인정과 연민의 마음을 모았다. 산다는 것은 먹는 것이며, '식'이 이어지는 한 사람도 살고 지역도 산다는 것을 통감했기 때문이리라.

나 역시 피해 지역과 오염 지역을 걸으며 다시 새롭게 어머니의 가르침을 생각했다.

지금 나는 어머니의 가르침을 다시 한 번 곱씹으며 '고원호일' 안에서 가을의 끝을 바라본다. 하지만 내가 인생의 깊은 맛을 다 보고 담담한 경지에 들어섰다는 말은 아니다. 아직 청춘의 불꽃이 잔불로 남아 타들어간다.

그럼에도 한 걸음 물러나 격동하는 세계에서 일어나는 일을 바라보고, 과거와 현재를 드나들며, 청경우독하는 가운데 때로는 고독한 골프를 하고, 죽음을 준비하는 조용한 걸음을 시작했다.

"나는 행복한 걸까?"

어머니의 물음처럼 "행복하다"라고 스스로를 타이르며 인생이라는 여행의 길 위를 산다. 이 책을 다 쓰고 나서 나는 어머니가 가르쳐주신 것들의 깊은 의미를 더 많이 깨달았다.

마지막으로 기획에서 편집에 이르기까지 슈에이샤 신서 편집장인 오치아이 가쓰히토 씨의 도움이 없었다면 이 책은 햇빛을 볼 날이 없었을 것이다. 밀리언셀러가 된 『고민하는 힘』에서 10년, 오치아이 씨는 편집자로서 우수한 재능을 이 책에 아낌없이 쏟아부었다. 그는 나보다 스무 살 가까이 젊지만 동시대를 함께 달려온 사람이며 무엇과도 바꿀 수 없는 귀한 조언자이다. 마음 깊이 감사드린다.

또한 이 책은 오치아이 씨의 지도 아래 세밀한 부분까지 놓치지 않고 편집한 이시토야 케이 씨가 아니었다면 이런 방식으로 독자의 눈앞에 놓일 수 없었을 것이다. 이시토야 씨에게도 마음 깊이 감사드린다.

2018년 9월

강상중

뻔뻔할 만큼 솔직한 마음이기도 하고, 결의라고도 할
만한 어떤 각오가 내 마음속에서 흔들리고 있었다.

"각오가 흔들린다고 한 부분 있잖아요? 그렇다면 각오가 아닌 것 같은 느낌도 드는데, 정말로 '흔들린다'가 맞는지 원문 좀 확인해주세요."

저자의 세계관에 몰입해서였을까. 번역하는 동안에는 너무나 당연해서 아무렇지도 않았는데, 편집자님 이야기를 듣고 보니 정말 그런가 싶었다. 어떤 '각오'를 할 때는 무슨 일이 있더라도 마음먹은 대로, 정한 대로 나아가겠다고 마음의 준비를 하는 것 아닌가. 그런 '각오를 했다'라거나 '각오하는 마음이 생겨났다'였으면 좋았을 텐데. 일본어에서도 보통 '각오'는 하거나 생기거나 단단히 하는 것이다.

'하지만 원문에 흔들린다고 쓰여 있기도 하고요, 그렇다고 마음이 흔들리는 건 아니고. 그런 깨달음이랄까 각오

가 마음속에서 생겨났다고 해야 하나, 살아 있다고 해야 하나. 그런 이미지인데….'

누구를 위한 변명인지, 누구를 향한 설득인지 모를 이야기를 중얼거려본다.

이 책은 2011년 3월 11일 동일본대지진, 3월 15일 후쿠시마원자력발전소 폭발사고가 일어난 이후의 삶을 쓰고 있다. 많은 사람들이 정든 곳을 떠났다. 후쿠시마와 동북지방에 살던 사람들만 떠난 것은 아니다. 이전과는 다른 삶을 살기 위해 떠난 사람들도 많았다. 어느 날 갑자기 일본 땅에 떨어진 날벼락 같은 비극은 새로운 삶을 위한 계기이기도 했다. 이런 사회 분위기와도 관계가 있었는지는 모르겠지만, 저자는 가루이자와로 집을 옮겼다.

일본열도 중에서 가장 큰 섬인 혼슈의 중앙에 위치한 가루이자와는 '일본알프스'라 불리는 남알프스, 중앙알프스, 북알프스 가운데 중앙알프스와 북알프스 사이에 위치한다. 가루이자와는 메이지 유신 이래로 선교사를 비롯한 외국인들에게 인기가 많은 곳이다. 알프스라는 이름에서도 느껴지듯 기후와 풍토가 서양과 비슷하다는 것이 그 이유였는데, 주로 피서지로 이용하는 사람이 많은 것을 보면 섬나라 특유의 무덥고 끈끈한 여름 날씨를 견디지 못한 외국인들이 건조하고 상쾌한 곳을 찾아간 것이 아닌가 싶다. 짙은 안개 속으로 끝없이 이어지는 험한 산길은 마치 하늘을 나는 듯, 꿈을 꾸는 듯, 저편의 세상으로 뻗어 있는 듯하여 근거 없는 노스탤지어를 불러일으킨다.

저자는 속세와 멀찌감치 떨어진 듯한 가루이자와에 정착한 뒤로 오히려 전보다 더 활발히 사회 활동을 했다. 글도 많이 쓰고 사람도 많이 만났다. 책도 여러 권 집필하고, 여러 직책에 임했으며, 여전히 방송도 하고 영화에까지 출연했다. 도회와 시골을 흔들리는 진자처럼 왕복 운동하는 저자의 삶은 정말로 '길 위의 인생'을 택한 게 아닐까 싶어 보였다.

하지만 사람이 제 삶을 자유롭게 고를 수 있는 것은 아니다. 고원에 나타났다 사라지는 구름이 양지와 그늘을 교차해 만들듯 우리 삶의 변화 또한 그렇지 않은가. 비단 삶의 형태만이 아니다. 개인의 취향까지 변한다고 저자는 말한다. 싫었던 것이 좋아지고, 좋았던 것을 멀리하게 되며, 감동을 느끼는 방식조차 변한다. 그런 변화무쌍한 인생길에서 마음속에 여전히 남아 불타오르는 것이 있다면 그건 어떤 형태일까. 과연 항상 변하지 않는, 순수한 모습 그대로를 간직할 수 있을까.

이 책을 번역하는 내내 차가운 겨울바람 속에서도 꺼

지지 않는 촛불을 떠올렸다. 작은 입김에도 흔들리는 촛불, 아니 주위 공기의 미세한 변화에도 흔들리고 마는 촛불 말이다. 언젠가 많은 사람들이 들었던 촛불. 촛불을 든 사람들이 처한 상황도 마음도 같은 것은 하나도 없었을 테고, 들 때마다 그 마음이 한결같지도 않았을 테지만 모두가 자신이 든 촛불에 마음을 의탁했다. 흔들리면서도 끊임없이 위로 향하는 그 작고 따스한 불꽃에.

일본 땅에서 태어나 조국인 한국 땅의 평화를 기원하는 마음. 속세와 그렇게 멀리 떨어져 살면서도 세속적인 욕심을 끊지 못하는 마음. 교회의 문턱에 서서 이러지도 저러지도 못하는 마음. 겁쟁이 고양이에게 '누가(루크)'라는 이름을 지어주고 언젠가는 강해지기를 바라는 그 흔들리고 유약한 마음을 지탱하는 것은 바로 어머니가 물려주신 몸이다. 자연이 주는 소소한 기쁨이며 땅에서 나오는 먹거리다. 내가 바라지도 구하지도 않았는데 자연스럽게 주어진 생명력이다. 평화에 대한 낙관적인 전망에 "아주 머릿속이 꽃밭이시네요?"라는 야유를 듣고는 정말로 꽃밭을 가꿀 수 있는 생에 대한 긍정. 사랑하는 마음. 이 책의 원제는 '어머니의 가르침母の教え'이다.

만년의 집

인생의 겨울을 준비하는 강상중의 조용한 각오

2019년 12월 16일 1판 1쇄
2021년 1월 31일 1판 2쇄

지은이 강상중 옮긴이 노수경

편집 이진 강변구 이창연 디자인 홍경민
제작 박흥기 마케팅 이병규 양현범 이장열 홍보 조민희 강효원

인쇄 한승문화사 제책 J&D바인텍

펴낸이 강맑실 펴낸곳 (주)사계절출판사 등록 제406-2003-034호
주소 (우)10881 경기도 파주시 회동길 252 전화 031-955-8588, 8558
전송 마케팅부 031-955-8595 편집부 031-955-8596
홈페이지 www.sakyejul.net 전자우편 skj@sakyejul.com
블로그 skjmail.blog.me 페이스북 facebook.com/sakyejul
트위터 twitter.com/sakyejul

값은 뒤표지에 적혀 있습니다. 잘못 만든 책은 서점에서 바꾸어 드립니다.
사계절출판사는 성장의 의미를 생각합니다.
사계절출판사는 독자 여러분의 의견에 늘 귀기울이고 있습니다.

ISBN 979-11-6094-526-3 03800

이 도서의 국립중앙도서관 출판예정도서목록(CIP)은
서지정보유통지원시스템 홈페이지(http://seoji.nl.go.kr)와
국가자료종합목록 구축시스템(http://kolis-net.nl.go.kr)에서 이용하실 수 있습니다.
(CIP제어번호 : CIP2019048234)